grafit

Der Autor:

Jürgen Kehrer wurde 1956 geboren. Er lebt und arbeitet als freiberuflicher Schriftsteller in Münster.
Bären und Bullen ist mittlerweile der siebte Krimi mit Georg Wilsberg. Seit 1990 läßt Kehrer den Privatdetektiv in der guten und weniger guten Gesellschaft der katholischen Bischofsstadt Münster schnüffeln. Bisher sind erschienen: *Und die Toten läßt man ruhen* (1990; vom ZDF verfilmt), *In alter Freundschaft* (1991; vom ZDF verfilmt), *Gottesgemüse* (1992), *Kein Fall für Wilsberg* (1993), *Wilsberg und die Wiedertäufer* (1994) und *Schuß und Gegenschuß* (1995). Außerdem schrieb Jürgen Kehrer die Kriminalromane *Killer nach Leipzig* (1993; vergriffen) und *Spinozas Rache* (1995; alle Bücher bei GRAFIT).

© 1996 by GRAFIT Verlag GmbH
Chemnitzer Str. 31, D-44139 Dortmund
E-Mail: info@grafit.de
Internet: http://www.grafit.de
Alle Rechte vorbehalten.
Umschlagzeichnung: Peter Bucker
Druck und Bindearbeiten: Fuldaer Verlagsanstalt GmbH
ISBN 3-89425-065-8
5. 6. / 2005 2004

Jürgen Kehrer

Bären und Bullen

Kriminalroman

grafit

»Ach, wie gerne wäre
Ich im Klub der Millionäre.
Doch da kommt man nicht so einfach rein,
Da muß man schon Erfinder oder Schwerverbrecher sein.«
(Udo Lindenberg)

Diese Geschichte ist erfunden. Oder doch zumindest so wenig Abbildung der Wirklichkeit, daß niemand das Recht hat, sie für seine eigenen Verbrechen zu reklamieren.

Prolog

Nazaré und Karsten hatten noch nicht die Gewohnheit aufgegeben, gemeinsam zu frühstücken. Allerdings hatten sich, seit den stürmischen Anfängen ihrer Beziehung, ein paar Veränderungen eingestellt. Sie versenkten ihre Blicke nicht mehr sekundenlang ineinander, nutzten auch nicht mehr den Griff zur Margarinedose für eine flüchtige Berührung des Gegenübers. Vielmehr las Karsten die Tageszeitung, mit Vorliebe den Wirtschaftsteil, während Nazaré in Gedanken einen Tagesplan aufstellte, von dem sie einige Punkte für sich behielt und andere Karsten mitteilte, wenn er mit einem energischen Ruck die Zeitung zusammenfaltete.

So war es auch an diesem Morgen, jedenfalls bis zu dem Moment, als Nazaré gegen die schräg nach oben gestellte Zeitung sagte: »Meine Mutter hat gestern angerufen.«

»Und?« fragte Karsten, den Blick auf die Veränderungen der Börsenkurse gerichtet.

»Sie wollte wissen, wann wir heiraten.«

Karsten stöhnte und senkte die Zeitung soweit ab, daß Nazarés volles braunes Gesicht mit dem wild wuchernden Kraushaar am oberen Rand auftauchte. »Wir haben das doch schon ein Dutzend Mal besprochen. In ein paar Wochen habe ich genug Geld zusammen. Dann fahren wir nach Holland, fliegen nach Brasilien und heiraten. Es soll ein großes Fest werden. Ich möchte nicht auf jede Mark gucken.«

»Wie viele Wochen?« Nazaré schob die Oberlippe ein wenig vor.

»Fünf, sechs.«

»Das ist lang.«

»Ich tue mein Bestes. Gerade im Moment habe ich ein paar gute Kunden an der Angel. Da springen saftige Provisionen für mich heraus. Es ist nur eine Frage der Zeit.«

Nazaré widmete ihre volle Aufmerksamkeit einem mit halbrahmstufigen Frischkäse bestrichenen Toast.

Begleitet von einem erneuten Stöhnen legte Karsten die Zeitung beiseite. »Was hast du heute vor?« fragte er in der Hoffnung, daß der vorgezogene Programmpunkt die unselige Heiratsdiskussion beenden würde.

»Einkaufen«, antwortete Nazaré mürrisch.

»Und was?«

»Lebensmittel. Wir haben kaum noch Vorräte im Haus. Und dann das schwarze Kleid.«

»Welches schwarze Kleid?«

Sie zog die Augenbrauen tadelnd zusammen. »Das schwarze Kleid, das ich dir neulich gezeigt habe.«

»Ach, *das* schwarze Kleid«, spielte er Erinnerung vor. »Eine gute Idee. Hast du genug Geld?«

»Ich glaube schon.«

»Hier!« Er zog sein Portemonnaie aus der Gesäßtasche und legte einen Hunderter auf den Tisch. »Für alle Fälle.«

Nazaré schob den Hunderter unter ihre Kaffeetasse, als wäre er ein feindliches Insekt. Doch aus der Tatsache, daß sie ihn nicht ablehnte, schloß Karsten beruhigt, daß sich ihre Laune ein wenig gebessert hatte.

Als Karsten am frühen Abend zurückkam, war Nazaré nicht da. Was ihn erstaunte, weil sie nie länger ausblieb, ohne es ihm vorher zu sagen. Ergebnislos suchte er die kleine Zwei-Zimmer-Wohnung nach einer Nachricht ab. Etwas ratlos setzte er sich schließlich auf seinen Lieblingsplatz im Wohnzimmer, die Sofaecke, die den geradesten Blick auf den Fernseher gestattete. Er kannte Nazarés Freundinnen in der Stadt. Sie ließen sich an zwei Fingern abzählen. Aber sollte er wie ein eifersüchtiger Vater hinter ihr hertelefonieren? Hatte er das Frühstücksgespräch völlig falsch eingeschätzt?

Plötzlich kam ihm eine Idee. Er ging in die Küche und öffnete den Kühlschrank. Einige kümmerliche Käsereste warteten auf ihr baldiges Ende. Nazaré hatte also nicht eingekauft. Karstens Gedanken begannen schneller zu kreisen, als das Telefon klingelte. Vor dem dritten Klingeln hatte er den Hörer in der Hand.

Es war nicht Nazaré. Eine Männerstimme sagte: »Wenn du sie zurückhaben willst, mußt du zahlen.«

»Was?«

»Du hast richtig gehört. Für zweihunderttausend Mark erhältst du deine Freundin unversehrt zurück.« Der Anrufer kicherte. »Oder fast unversehrt.«

»Was haben Sie mit ihr gemacht?«

»Frag lieber, was wir mit ihr machen werden, falls du nicht zahlst.«

»Ich habe nicht so viel Geld.«

»Dann treib es auf! Sie ist ein nettes Mädchen, weißt du. Es wäre schade, wenn sie so jung sterben müßte, wirklich schade.«

»Nein«, schrie Karsten. Und er wußte gleichzeitig, daß dies kein Argument war, nicht einmal der Hauch eines Argumentes, um den Mann auf der anderen Seite von seinem Plan abzubringen.

»Ach, übrigens«, sagte der Mann kalt, »das gleiche gilt für den Fall, daß du die Polizei einschaltest. Also laß es lieber!«

Dann war die Leitung tot, und Karsten hielt etwa zwanzig Sekunden lang den Hörer umklammert. Er hoffte verzweifelt, daß das alles nur ein Scherz war, ein gemeiner, hirnrissiger, makaberer, idiotischer Scherz. Und doch wußte er, daß der Anrufer die Wahrheit gesagt hatte. Nazaré war entführt worden. Ausgerechnet Nazaré.

Als er wieder denken konnte, wählte Karsten eine Telefonnummer.

So jedenfalls hat Karsten die Geschichte später erzählt.

I

Sarah lag, während ich sie wickelte, auf einer wertvollen Kirschbaumkommode aus dem 19. Jahrhundert. Natürlich nicht direkt, sondern geschützt durch eine weiche, wasserundurchlässige Wickelunterlage. Die Kommode stammte, wie das meiste Mobiliar in unserer Wohnung, von Imkes Tante, die im vorigen Jahr, hochbetagt und kinderlos, die Welt der Lebenden verlassen und ihrer Vorzugsnichte eine komplette Villeneinrichtung hinterlassen hatte. Einige schöne Stücke hatten wir zu Geld gemacht, der Rest bevölkerte jetzt unsere geräumige Vier-Zimmer-Altbauwohnung im Kreuzviertel. Auch wenn wir gehaltsmäßig nicht an die über und unter uns wohnenden Studienräte, Oberärztinnen und Rechtsanwälte heranreichten, einrichtungsmäßig waren wir voll akzeptierte Mitglieder des Akademikerghettos.

Sarah machte das Wickeln großen Spaß. Sie juchzte in einem Ton, der entfernt an den Gesang von Buckelwalen erinnerte, und versuchte, mir einen Knopf vom Hemd zu reißen. Ich brabbelte meinerseits das Zeugs, das junge Väter auf der ganzen Welt brabbeln, und legte die braungefärbte Pampers frei. Dann cremte ich den rosigen Kinderpopo ein und hob die strampelnden Beinchen an, um meinen kleinen Liebling für den nächsten Stuhlgang zu verpacken.

Genau in diesem Moment sandte Sarah einen kräftigen Strahl nach oben. Ich zuckte zurück, aber erstens zu spät und zweitens nicht weit genug, da ich sie geichzeitig, einem archaischen Beschützerinstinkt folgend, mit einer Hand festhielt. Bogenförmig pladderte der Urin auf mein Hemd, und sofort spürte ich, wie die Feuchtigkeit bis zur Haut vordrang.

»Scheiße«, fluchte ich halblaut.

»Was ist los, Georg?« Imkes hypersensiblen Ohren entging nichts, was mit dem Kind zu tun hatte, und so stand sie zwei Sekunden später im Kinderzimmer.

»Sie hat mich vollgepinkelt«, sagte ich möglichst gefühlsneutral.

»Das macht sie doch nicht absichtlich«, sprang Imke ihrer Tochter zur Seite.

»Ich weiß, daß sie das nicht absichtlich macht«, antwortete ich ein wenig gereizt, »aber es ist schon das dritte Mal diese Woche. Bald habe ich keine fleckenfreien Hemden mehr.«

Die Tropfen ignorierend, die sich Richtung Bauchnabel abwärts bewegten, klappte ich mit strahlendem Gesicht die neue Pampers zu und stopfte Sarah in den Schlafanzug. Sie prustete entzückt, offensichtlich hatte sie von uns dreien die beste Laune.

»Sie machen das besonders gerne, wenn man ihnen die Windel abnimmt«, dozierte Imke. »Das ist ja auch verständlich, weil sie sich dann freier fühlen. Warum ziehst du keine Schürze über, so wie ich?«

»Weil ich Schürzen hasse. Kannst du sie mal einen Moment halten? Ich möchte mir was Trockenes anziehen.«

»Dann darfst du dich nicht beschweren, daß du keine Hemden mehr hast«, rief Imke mir nach. »Ich gebe ihr aber nicht das Fläschchen. Du bist dran.«

»Ich weiß«, rief ich zurück. »Außerdem bin ich gerade dabei, meine Einstellung gegenüber Schürzen zu überdenken.«

Imke war nach zwei Jahren Gefängnis entlassen worden. Unter Anrechnung der Untersuchungshaft und wegen guter Führung hatte man ihr den Rest der fünfjährigen Haftstrafe erlassen. Insgesamt war sie recht glimpflich davongekommen, wenn man bedenkt, daß sie das Bistum Münster erpreßt und den halben Turm der Lambertikirche in die Luft gesprengt hatte. In jenen Tagen hegten wir die ersten liebevollen Gefühle füreinander, auch wenn wir auf verschiedenen Seiten standen. Der Weihbischof hatte mich damals auserkoren, einer Erpresserbande die geforderten fünfhunderttausend Mark, wenngleich nur zum Schein, zu überbringen, während Imke als führendes Mitglied des *Kommandos Jan van Leiden* zu mir Kontakt hielt. Natürlich hatte ich versucht, sie von ihren unsinnigen Plänen abzubringen. Erfolglos, wie man sich denken kann. Aber bekanntlich leistet die Zeit die beste Überzeugungsarbeit. Inzwischen hielt Imke ihre antiklerikale Terrorphase für eine Jugendsünde, ohne deshalb in Versuchung zu kommen, die Sex- und Familienpolitik der katholischen Kirche für einen Akt der Menschenfreundlichkeit zu halten.

Sie hatte auch ihr Studium wieder aufgenommen und befand sich gerade mitten im Lernstreß der Magisterprüfung. Das und unsere sechs Monate alte Tochter knabberten an dem schmalen Zeitbudget, das wir füreinander hatten. Viele schöne Dinge, die zwei Erwachsene miteinander treiben können – ich rede hier nicht nur vom

Sex, sondern auch von so etwas Profanem wie einem Kino- oder Theaterbesuch –, verloren an Bedeutung. Dafür rammten sich andere Begriffe, die ich bis dahin nie benutzt hatte, wie Pfähle in meinen Tagesablauf. Sie lauteten: Fläschchen, Bäuerchen, Wickeln. Jede zweite Nacht war ich an der Reihe, mich aus der von klagendem Geheul perforierten Tiefschlafphase zu reißen, in die Küche zu wanken und, das halbwegs beruhigte Kind auf dem Arm, den nicht zu kalten und nicht zu heißen – bei Strafe weiteren Geschreis – Fläschcheninhalt in das liebliche Saugmaul zu befördern.

Nicht, daß Sarah kein Quell ständiger Freude für mich gewesen wäre. Nein, Sarah entschädigte mich für vieles, das mir in dieser Zeit möglicherweise entging. Doch manchen Tag verbrachte ich im bleiernen Dämmerzustand chronischen Schlafmangels.

Denn ganz nebenbei versuchte ich, ein bißchen zu arbeiten. Zwar half uns Imkes Vater mit einem großzügigen monatlichen Zuschuß, trotzdem waren wir auf Verdienste aus meiner detektivischen Tätigkeit angewiesen, um über die Runden zu kommen. Allerdings hatte ich mein Detektivbüro aufgeben müssen. Mit einem schreienden Kind auf dem Arm Zielpersonen zu beschatten, wäre auf die Dauer wenig effektiv gewesen. Vor allem aber: wo sollte ich, wenn ich in meinem Auto vor einem tristen Reihenhaus oder einer muffigen Kneipe hockte, alle zwei bis drei Stunden ein warmes Fläschchen herbekommen? Denn die glasklare Vereinbarung zwischen Imke und mir lautete, daß ich Sarah übernahm, sobald Imke zur Uni ging. Und das tat sie fast jeden Tag.

Also brauchte ich einen Job, bei dem ich mir die Arbeit einteilen konnte und der nicht das Risiko plötzlicher Einsätze oder Überstunden mit sich brachte. Gefunden hatte ich ihn bei Sigi, meiner ehemaligen Sekretärin aus den Zeiten, in denen ich die Detektei am Prinzipalmarkt noch meine eigene nannte, und heutigen Alleingesellschafterin der *Security Check GmbH*. Bei der *Sec Check*, wie wir einfachen Angestellten den Laden unserer Chefin nannten, fielen eine Menge Routineaufträge an, Überprüfung von Warn- und Sicherheitssystemen, prophylaktisches

Verhaltenstraining im Hinblick auf Raubüberfälle und so weiter. Inzwischen war ich Experte für derlei Sachen geworden, ich hatte meinen festen Klientenstamm, den ich regelmäßig abklapperte. Gelegentlich hielt ich auch Vorträge vor Kaufmannsvereinen, mittelständischen Vereinigungen oder Nachbarschaftsgruppen, wobei neben dem stattlichen Honorar in den meisten Fällen auch eine warme Mahlzeit für mich abfiel.

Ich hatte Sarah ins Bett gebracht, sie gestreichelt und besungen, und schließlich war sie glücklich eingeschlafen. Einigermaßen groggy ließ ich mich auf das Sofa im Wohnzimmer fallen und grapschte nach der Fernbedienung. Es war ein langer Tag gewesen. Gegen sechs Uhr hatte Sarah angefangen zu krähen, und ich hatte sie zu mir ins Bett geholt, in der Hoffnung, noch ein bißchen vor mich hindämmern zu können. Sarah war dieser Hoffnung durch eine kleine rechte Gerade auf mein linkes Auge zuvorgekommen. Anschließend versuchte sie herauszufinden, wie weit man meine Nase verbiegen kann.

Von da an war der Tag wie viele andere zuvor verlaufen. Zwischen Einkäufen mit Kinderwagen und Kinderwagenspazierfahrten ohne Einkäufe war ich mal kurz zu einem Uhrengeschäft auf der Salzstraße gehuscht, hatte die Elektronik der Sicherungssysteme gecheckt und ein Pläuschchen mit dem Filialleiter gehalten. Und das war's dann auch schon, abgesehen von Fläschchen, Bäuerchen und Wickeln.

»Bitte laß den Fernseher aus!« sagte Imke. »Ich muß lernen.«

Sie saß mir schräg gegenüber, umringt von einem Dutzend Bücher. Ich legte die Fernbedienung wieder beiseite. Ohnehin wollte ich nur mal kurz durch die Kanäle zappen, und das konnte ich fast genauso gut mit einem Blick in die Fernsehzeitschrift.

Es klingelte.

Imke schaute auf. »Erwartest du Besuch?«

»Nein«, sagte ich.

»Ich auch nicht.«

Also ging ich zur Tür und öffnete. Es war Willi. Ich hatte ihn seit ungefähr fünf Jahren nicht mehr gesehen, sein Bauchumfang imitierte Marlon Brando, und die spärlichen Haare versuchten vergeblich, die Kopfhaut zu bedecken, aber es war unverkennbar Willi.

»Hi!« sagte Willi.

»Mensch, Willi!« begrüßte ich meinen alten Kumpel, Schmiesteher und Geschäftspartner. »Das ist aber eine Überraschung. Komm rein!«

Imke raffte sich zu einem gefrorenen Lächeln auf und ihre Bücher zusammen. »Ihr habt doch nichts dagegen, wenn ich mich in mein Zimmer zurückziehe? Ich muß lernen.«

»Sie hat in zwei Wochen Prüfung«, erklärte ich den Abgang meiner Angetrauten. »Willst du was trinken? Ich habe allerdings nichts Alkoholisches im Haus.«

»Wie das?« staunte Willi. »Du hast doch früher nicht ins Bier gespuckt.«

»Ich habe es eimerweise in mich hineingeschüttet und einiges Hochprozentiges obendrein. Irgendwann bleibt dir nur die Wahl zwischen völligem Suff oder totaler Trockenheit. Glücklicherweise habe ich mich für das Letzte entschieden. Sonst würde ich mein heutiges Leben mit einer sechs Monate alten Tochter nicht durchstehen.«

»Frau, Kind, teure Möbel. Georg, du bist ja richtig bürgerlich geworden.«

»Das da«, ich wies mit dem Kinn auf einen Mahagonischrank, »haben wir geerbt. Genauer gesagt, Imke hat es geerbt.«

»Sag mal, Imke ist das nicht die ... Ich hab's in der Zeitung gelesen.«

»Dieselbe«, bestätigte ich.

Wir schwiegen einen Moment.

»Bist du nur gekommen ...« begann ich, während er gleichzeitig sagte: »Ich wollte wirklich nicht ...«

Wir lachten.

Imke steckte ihren Kopf zur Tür herein. »Seid bitte leise! Ich möchte nicht, daß Sarah aufwacht.«

»Was hältst du davon, wenn wir in eine Kneipe gehen?« schlug ich vor. »Dann können wir uns in Ruhe unterhalten, und du brauchst nicht an einem Wasserglas zu nippen.«

Willi grinste. »Um ehrlich zu sein, ziehe ich ein kühles Pils vor. Auch wenn ich«, er klopfte sich auf den Bauch, »die Rache der Bierindustrie mit mir herumschleppen muß.«

Ein Feuerteufel hatte der *Cantina Argentina* zu frisch verputzten Wänden und einer neuen Inneneinrichtung verholfen, die Steaks dagegen waren genauso zäh wie früher.

Willi und ich ergatterten die letzten freien Hocker am Ende der Theke. Willi bestellte ein Bier und ich einen Apfelsaft.

»Was machste denn jetzt so?« fragte Willi. »Aus dem Detektivgeschäft bist du raus, oder?«

»Nicht ganz«, korrigierte ich. »Hauptberuflich bin ich Hausmann, nebenberuflich jobbe ich für Sigi.«

»Sigi Bach.« Willi spitzte anerkennend die Lippen. »Hat sich echt gemacht, die Frau.«

»Ja«, bestätigte ich nicht ohne Bitterkeit. »Inzwischen hat sie Filialen in Coesfeld, Burgsteinfurt und Borken.«

»Das könnte dein Laden sein, weißt du das?«

Ich lächelte gequält. »Besser als jeder andere. Es ist halt dumm gelaufen, wie die Fußballer sagen.« Gespräche über meine berufliche Vergangenheit brachten mich an den Rand des Trübsinns. »Und du?« schaltete ich auf fröhlich. »Was treibst du so?« Es war mir nicht entgangen, daß das gute alte Second-Hand-Kaufhaus, in dem Willi anfänglich als mein Geschäftsführer und dann als Besitzer gewirkt hatte, einem schicken neuen Parkhaus gewichen war.

»Ich habe völlig umgesattelt. Die Kleiderbranche kotzte mich an. Der andere Kram auch.«

»Meine Briefmarken«, warf ich ein.

»Tote Hose, absolut tote Hose«, sagte er mit einer wegwerfenden Handbewegung. »Wer kauft heutzutage noch Briefmarken? Und dann diese Typen, die uns für die Kleiderkammer des Roten Kreuzes hielten. Belaberten die Verkäuferinnen eine halbe Stunde lang, ihnen ein

Zwanzig-Mark-Jackett für fünfzehn zu überlassen. Wo bleibt da der Profit? Glaub mir, es macht keinen Spaß, wenn deine Kundschaft aus Leuten besteht, die vom Arbeitsleben dreimal durchgekaut und wieder ausgespuckt worden sind. Das blanke Elend. Ich war drauf und dran, beim Arbeitsamt eine ABM-Stelle für einen Psychologen zu beantragen, der mit den fertigsten Figuren im Nebenraum einen Schnellkurs in Überlebenstraining absolviert.«

Willi nahm einen tiefen Schluck. »Zum Schluß haben wir alles kiloweise verramscht. Totalausverkauf. Und finito.« Sein linkes Auge zuckte. Ein Tick, den ich bei ihm früher nicht bemerkt hatte.

»Aber jetzt«, er bleckte die Zähne zu einem freudlosen Grinsen, »rollt der Rubel. Ich bin ins Investmentgeschäft eingestiegen. Anlageberatung und so. Top-Kundschaft. Die reichen zehn-, zwanzig- oder fünfzigtausend Mark rüber, ohne mit der Wimper zu zukken.«

Ich schielte auf seinen mindestens tausend Mark teuren Boss-Anzug. »Du bist also aus dem Schneider?«

»Sozusagen.« Willi seufzte. »Georg, ich bin nicht ganz zufällig vorbeigekommen.«

Ich nickte. »Hab ich mir gedacht.«

»Es geht nicht um mich. Ein Angestellter von mir, aus der *Cominvest* ...«

»Deine Anlageberatungsfirma.«

»Richtig. Also, um es kurz zu sagen, seine Freundin ist entführt worden.«

»Und er will nicht zur Polizei gehen, weil die Entführer gesagt haben, sie würden sie sonst umbringen.«

»Auch richtig.«

»Kalter Kaffee. Das sagen sie immer, schon weil sie es im Fernsehen so gehört haben. Tatsächlich ist es das Sinnvollste, die Bullen einzuschalten. Die haben das technische Gerät und das nötige Personal, um die Typen zu schnappen und die Frau zu befreien. Ich kenne da einen guten Mann im Polizeipräsidium ...«

»Warte mal!« unterbrach mich Willi. »Es gibt nämlich noch ein anderes Problem. Die Frau ist illegal hier. Brasilianerin. Kam mit einem Touristenvisum, das längst abgelaufen ist.«

»Warum haben die beiden nicht geheiratet?«

»Wollten sie ja, aber irgend etwas kam immer dazwischen. Frag mich nicht. Auf jeden Fall möchte er die Sache ohne Polizei durchziehen, und er hat mich gebeten, ihm das geforderte Lösegeld zu leihen. Was soll ich machen? Ich kann ihn ja nicht einfach hängen lassen. Meine einzige Bedingung war, daß wir dich hinzuziehen, als Berater im Hintergrund. Georg, du mußt uns helfen. In Münster kenne ich sonst niemanden, dem ich vertrauen kann. Gegen cash, natürlich. Ich bezahle dein normales Honorar.«

»Dreihundert Mark pro Tag, plus Spesen«, sagte ich.

Er zuckte nicht einmal zusammen. »Geht in Ordnung.«

Ich schaute auf meine Armbanduhr. »Ich bin kein Entführungs-Experte, sieht man mal davon ab, daß ich selbst ein paarmal gekidnappt worden bin. Also los, laß uns keine Zeit verlieren!«

Karsten Eichinger machte einen relativ gefaßten Eindruck. Er rannte nicht kopflos durch die Wohnung, und er hatte sich auch nicht sinnlos betrunken, zwei gute Voraussetzungen, die Nacht ohne Kreislaufzusammenbruch und Notarzt über die Bühne zu bringen.

Ich bat ihn, mir chronologisch alles zu erzählen, was an diesem Tag geschehen war.

Als er mit seinem Bericht fertig war, fragte ich: »Es gab nur diesen einen Anruf?«

»Ja.«

»Und der Entführer hat nicht gesagt, wann er sich wieder meldet?«

»Nein.«

Ich überlegte. »Herr Eichinger ...«

»Karsten.«

»Okay, Karsten. Ich muß dich jetzt etwas fragen, was dich möglicherweise wütend machen wird. Trotzdem möchte ich dich bitten, in aller Ruhe darüber nachzudenken.«

»Frag!«

»Wäre es denkbar, daß Nazaré die Entführung selbst inszeniert hat? Zum Beispiel, weil sie darüber enttäuscht ist, daß du sie noch nicht geheiratet hast. Die Geldforderung könnte dann eine Art Rache sein.«

Seine Pupillen verengten sich, und die schmalen Wangen wurden weißlich fahl. Dann lächelte er verkrampft. »Du kennst Nazaré nicht. Entschuldige, einen Moment lang wollte ich dir tatsächlich eine runterhauen. Aber du hast recht. Theoretisch gibt es diese Möglichkeit, nur praktisch nicht. Nazaré würde so etwas nie tun.«

»Gut. Schließen wir das Denkmodell vorläufig aus. Das Wichtigste ist jetzt, daß wir ein Lebenszeichen von Nazaré bekommen. Beim nächsten Anruf des Entführers verlangst du, mit ihr zu sprechen. Falls er dich abwimmeln will oder droht, bleibst du hart. Ohne zu wissen, daß ...«, ich stockte, »... es ihr gut geht, gibt's kein Geld.«

Er nickte. »Kapiert. Du meinst, sie könnte bereits tot sein.«

Karsten hatte mich durchschaut. »Leider kommt es manchmal vor, daß der oder die Täter sich erst im Nachhinein überlegen, es wie eine Entführung aussehen zu lassen. Sinnvoll ist es in jedem Fall. Die Entführer müssen akzeptieren, daß sie nur dann Geld sehen, wenn Nazaré am Leben bleibt.«

Er dachte nach. »Das gilt allerdings nur bis zur Geldübergabe.«

Das war der kritische Punkt. »Stimmt. Deshalb solltest du nicht zu allem ja sagen, was die Entführer verlangen. Vor allem dürfen wir ihnen nicht das Szenario der Übergabe überlassen. Am besten, wir machen daraus ein Schritt-für-Schritt-Geschäft. Das heißt, das Geld wird erst hinterlegt, wenn du Nazaré siehst, noch besser, wenn sie bei dir ist.«

Er schüttelte zweifelnd den Kopf. »Ich glaube nicht, daß die sich darauf einlassen. Sie werden vermuten, daß wir sie mit alten Zeitungen abspeisen wollen.«

»Durchaus denkbar«, gab ich zu. »Aber auch nicht tragisch. Wenn wir sie auf der Schiene haben, mit uns über den Modus zu verhandeln, kann ein halbwegs sicherer Kompromiß dabei herausspringen. Etwa so: Das Geld wird an einem beleuchteten, überschaubaren Platz abgestellt. Einer der Entführer kommt und prüft die Summe. Er muß denken, daß wir ihn im Visier haben, so daß er nicht einfach den Koffer nehmen und abhauen kann. Nachdem er sich davon überzeugt hat, daß wir ihn nicht übers Ohr hauen wollen, zieht er sich wieder zurück. Beim nächsten Mal hat er Nazaré dabei. Er schnappt sich den Koffer, und sie rennt los. Ende der Aktion.«

Karsten seufzte. »Hoffentlich klappt's. Du hättest den Typen hören sollen. Ein absolut fieses Arschloch.«

»Rein statistisch gesehen sind die meisten Kidnapper absolut fiese Arschlöcher. Aber sie wollen etwas, was wir haben, nämlich Geld. Und das ist unser Druckmittel.«

Sein Unterkiefer begann zu zucken. Er rieb sich die Augen. »Ich weiß nicht«, preßte er hervor, »ob ich das schaffe. Wenn die sagen, daß sie Nazaré umbringen, kann ich doch nicht … Ich meine, ich bring das nicht, den Coolen zu spielen.«

»Dann laß mich mit ihnen reden«, schlug ich vor.

»Nein, nein«, sagte er hastig. »Sie könnten dich für einen Bullen halten.«

Ich schaute Willi an, aber Willi zuckte nur mit den Schultern.

»Das Vernünftigste wäre es sowieso, die Polizei einzuschalten«, redete ich mit engelsgleichem Tonfall auf Karsten ein. »Die könnten den Ort der Geldübergabe großräumig überwachen und die Entführer verfolgen.«

»Auf keinen Fall«, schrie Karsten auf. »Ich will nicht, daß die Polizei etwas davon erfährt.«

Ich parkte den Wagen auf dem Prinzipalmarkt und ging unter den Arkaden hindurch zu einem der eleganten Patrizierhäuser, die Münsters Vorzeigestraße säumen. Hier, in der ersten Etage, residierte die *Security Check GmbH*, Sigis Detektei. Ich wollte einen speziellen Kassettenrecorder holen, um den nächsten Anruf der Entführer aufzuzeichnen. Wenigstens sollte mir die Polizei nicht vorwerfen können, ich hätte bewußt Beweismittel unterschlagen.

Als ich die Treppe hinaufging, merkte ich, wie müde ich war. Sarah hatte meinen Biorhythmus um ein paar Stunden vorverlegt. Seit ihrer Geburt stand ich morgens mit dem ersten Babykrähen auf, das dem der Hähne ziemlich nahe kam, und erlebte abends selten die *Tagesthemen*. Dann fiel mir ein, daß ich vergessen hatte, mich bei Imke abzumelden. Zum Glück hatte sie in dieser Nacht Babydienst, so daß sie mir keine Verletzung meiner Vaterpflichten vorwerfen konnte.

Am Vorzimmerschreibtisch der Sekretärin holte ich den Anruf nach.

Imke hatte schon geschlafen und grummelte ein ungehaltenes »Ja?« in den Hörer.

Ich erzählte ihr von meinem neuen Job.

»Fängst du schon wieder mit diesem Mist an? Ich dachte, wir hätten geklärt, daß du dich aus solchen Sachen raushältst.«

»Es geht um ein Menschenleben, Imke. Soll ich da mit einer mündlichen Vereinbarung des Heiratsvertrages kommen?«

»Warum nicht? Deine Tochter hat ein Recht auf ihren Vater. Außerdem, du hast doch gar keine Ahnung von Entführungen. Sag diesem Karsten, er soll zur Polizei gehen!«

»Genau das habe ich getan. Aber er will nicht. Und Willi vertraut mir. Also stehe ich da wie ein Feuerwehrmann am Rand eines eingefrorenen Sees, während gerade jemand einbricht. Erwartest du von mir, daß ich den Rettungsring weglege und sage: morgen früh kommt ein Kollege vorbei?«

»Du wirst schrecklich pathetisch, Georg. Das kann ich überhaupt nicht leiden.« Im Hintergrund hörte ich einen spitzen Schrei. »Da! Hörst du's? Jetzt hast du auch noch Sarah aufgeweckt.«

Das war meine Rettung. »Spätestens morgen früh bin wieder da«, sagte ich rasch und legte auf.

Dann schrieb ich einen Zettel und plazierte ihn an die Stelle des Kassettenrecorders, den ich mir unter den Arm klemmte.

Die Entführer hatten sich in der Zwischenzeit nicht gemeldet. Wir schlossen den Kassettenrecorder an das Telefon an und warteten. Darüber schlief ich auf dem Sofa ein.

II

Als ich aufwachte, fühlte ich mich, als hätte ich in der Schaufel eines Löffelbaggers genächtigt. Nach dem ersten Versuch, den Kopf anzuheben, konnte ich nur mit Mühe einen Schmerzensschrei unterdrücken. Ich hielt den linken Arm vor die Augen. Sechs Uhr. Sarahs Zeit.

Mühsam wickelte ich mich aus der Wolldecke, mit der mich ein gütiger Geist bedeckt hatte. Die Luft war abgestanden und stank nach Zigarettenqualm. Durch die halb geöffnete Schlafzimmertür drang unmelodisches Duo-Schnarchen. Karsten und Willi lagen nebeneinander, allerdings vollständig bekleidet, im Ehebett.

Mit zittrigen Händen suchte ich die kleine Küche nach einer Kopfschmerztablette ab. Erst im Badezimmerschränkchen wurde ich fündig. Danach ging es mir zwar etwas besser, aber die Großhirnrinde war immer noch zu blutleer, um vernünftige Gedanken zu produzieren. Ich brauchte frische Luft und Bewegung. Also schnappte ich mir den auf dem Wohnzimmertisch liegenden Schlüsselbund und ging nach draußen.

Die Wohnung von Karsten und Nazaré befand sich im Ostviertel, einer Gegend, in der außer den für Münster typischen Verwaltungsangestellten und Beamten auch noch ein paar seltene Exemplare der Gattung Industriearbeiter leben. Einige dieser Wesen, die sich unausgeschlafen und mit grauen Gesichtern auf ihre Fords oder Opels zubewegten, begegneten mir auf meinem raschen, wenngleich ziellosen Marsch durch das Viertel.

Nach etwa zehn Minuten erklärte sich mein Gehirn bereit, seine Arbeit aufzunehmen. Und da ich mich gerade auf der Wolbecker Straße befand, kaufte ich eine Tüte voller Brötchen, bevor ich den Rückweg antrat. Dabei kam ich an der Freimaurerloge *Zu den drey Balken* vorbei, in der einst Generalfeldmarschall von Blücher als *Meister vom Stuhl* den Hammer geführt hatte. Soviel zum Lokalkolorit.

Ich kochte Kaffee und frühstückte in aller Ruhe. Ich dachte an Imke und Sarah, an die Vorzüge und Nachteile des Familienlebens. Plötzlich fiel mir siedendheiß ein, daß ich um neun Uhr zu Hause sein mußte, weil sich Imke dann auf den Weg zur Uni machte.

Das Abstellen der Kaffeetassen zu beiden Seiten des Doppelbettes brachte keine Wirkung. Ebensowenig der Frischluftschwall, der durch das weit geöffnete Fenster hereindrang. Erst als ich in die Hände klatschte, schraken die Duo-Schnarcher hoch.

»Was ist los?« keuchte Karsten, Willi grunzte nur.

»Aufstehen, Männer!« sagte ich. »Wir müssen fit sein, wenn die Kidnapper anrufen.«

In den nächsten Stunden hätten wir einen Weltrekord im Drei-Männer-auf-eine-Küchenuhr-Gucken aufstellen können. Die Nervosität war mit Händen zu greifen, und ich öffnete gerade den Mund, um den beiden anderen von meinem Neun-Uhr-Problem zu berichten, als das Telefon klingelte.

Ich schaltete den Kassettenrecorder ein, drückte auf die Lautsprechertaste und gab Karsten das Zeichen.

»Eichinger.«

»Hast du es dir überlegt?« fragte eine selbstsichere, etwas schweinisch klingende Männerstimme.

»Ja, ich will zahlen.«

»Gut.«

»Aber ...«

»Aber?« wiederholte der Mann mit drohendem Unterton.

»Zuerst möchte ich mit Nazaré sprechen.«

Der Kerl lachte. »Glaubst du, ich rufe aus unserem kleinen Privatgefängnis an? Hältst du mich für bescheuert? Wer sagt mir denn, daß du mich nicht ficken willst und die Bullen gerade dabei sind, den Telefonanschluß zu orten?«

»Ich habe die Polizei nicht eingeschaltet.«

»Dein Glück. Sonst würde es deiner hübschen Freundin schlecht ergehen. Und jetzt sage ich dir, wo du das Geld hinbringen sollst. Ich habe nicht ewig Zeit.«

Ich nickte Karsten aufmunternd zu.

»Ohne ein Lebenszeichen von Nazaré gibt es kein Geld.«

»Ein Lebenszeichen, so so. Jetzt hör mal zu, du Arschloch ...«

Ich ballte die Faust. Karsten nahm seinen ganzen Mut zusammen: »Sie hören zu! Woher weiß ich, daß Nazaré nicht schon tot ist?«

Schweigen am anderen Ende der Leitung. Aber er hatte nicht aufgelegt.

»Verstehe«, kam es nach drei Sekunden merklich ruhiger. »Du willst auf Nummer Sicher gehen. Okay, du kriegst dein Lebenszeichen. Spezielle Wünsche?«

Für den Fall, daß sie sich weigern würden, Karsten direkt mit Nazaré sprechen zu lassen, hatten wir uns einen Alternativvorschlag ausgedacht.

»Sie soll genau beschreiben, was sie gestern morgen zum Frühstück gegessen hat.«

»Okay, Arschloch. Es wird eine Weile dauern. Pack schon mal das Geld in eine weiße Plastiktüte. Hundert-Mark-Scheine, nicht numeriert. Hast du verstanden? Eine weiße Plastiktüte. Wie bei Vater Graf.« Der Witzbold kicherte und legte auf.

Karsten torkelte mit kalkweißem Gesicht auf den nächststehenden Sessel zu und fiel hinein. »Mein Gott«, jammerte er, »ich steh das nicht durch, ich bring das nicht.«

»Das hast du ganz hervorragend gemacht«, lobte ich ihn. »Der Typ hat kapiert, daß du dir nicht alles gefallen läßt. Ach, übrigens, ich muß euch jetzt mal kurz alleine lassen.«

»Wo willst du hin?« fragte Willi besorgt.

»Ich muß auf Sarah aufpassen, während Imke an der Uni ist. Ich schätze, ich bin um zwei wieder da. Bis dahin wird ohnehin nicht viel passieren.«

Karsten stierte mich aus leeren Augen an.

»Beeil dich!« sagte Willi.

Imke stand fertig angezogen hinter der Wohnungstür.

»Knapper ging's wohl nicht«, kommentierte sie mein Erscheinen, hauchte mir einen knappen Abschiedskuß auf die Backe und ward verschwunden.

Sarah krabbelte, mit einer Rassel rasselnd, über ihre Decke auf dem Wohnzimmerboden. Ich hob sie hoch und herzte mit ihr herum. Sie giggelte zurück. Wenigstens ein weibliches Wesen, das sich über mein Erscheinen freute.

Dann packte ich Sarah in den Kinderwagen und steuerte den drei Blocks entfernten Supermarkt an. Während Sarah mit meinem Ohrläppchen spielte, versenkte ich die Dinge des täglichen Bedarfs einer Kleinfamilie im Einkaufswagen und dachte über den Entführungsfall nach. Mir fiel auf, wie wenig ich über Nazaré wußte. Ermittlungstechnisch gesehen hatte ich mich ziemlich unprofessionell verhalten. Allerdings ließ ich zwei Entschuldigungen gelten, denn erstens war ich ein bißchen aus der Übung und zweitens verdammt müde.

An der Kasse begegneten mir die üblichen strahlenden Gesichter. Vor allem bei Frauen zwischen vierzig und siebzig kommt es zu einem automatischen Lächelreflex, wenn sie einen Mann mit einem Kleinkind auf dem Arm sehen.

Zu Hause wickelte ich Sarah, gab ihr ein Fläschchen, wartete auf das Bäuerchen und legte sie zu einem erquicklichen Mittagsschlaf ins Bettchen. Die Schlafphase nutzte ich, um das Badezimmer zu putzen. Die Pflichten eines Hausmannes reduzieren sich nicht auf die Kinderpflege.

Sigi Bach rief an und fragte, zu welchem Zweck ich den Kassettenrecorder ausgeliehen hätte. Ich gab zu, daß ich an einem Privatauftrag arbeiten würde, blieb aber ansonsten vage.

Nach Imkes Rückkehr von der Uni führten wir ein längeres Gespräch über berufliche Tätigkeiten, Einkommensverhältnisse und elterliche Aufgabenverteilung. Wir kamen überein, daß mich Imke bis zum Abschluß der Entführungsgeschichte erheblich entlasten würde, mit der Auflage, daß ich anschließend das entstandene Minusstundenkonto abarbeiten müsse.

In Karstens Wohnung herrschte die nackte Panik. Karsten lag heulend auf dem Bett, und Willi tigerte händeringend durch die Zimmer.

»Was ist passiert?« fragte ich, das Schlimmste ahnend.

»Hör dir das an!« Willi schaltete den Kassettenrecorder ein.

»Eichinger.« – »Du wolltest ein Lebenszeichen. Hier hast du dein Lebenszeichen.« Dieselbe Stimme wie beim letzten Mal. Dann ein starkes Knistern, offensichtlich die Wiedergabe einer Tonbandaufnahme. »Hallo Karsten! Mir geht es gut.« Sie sprach Deutsch mit dem weichen Singsangakzent der Portugiesen und Brasilianer. »Sie haben mir nichts getan. Nicht bis jetzt.« Sie begann zu weinen. »Sie sagen, sie werden mich umbringen, wenn du ihnen nicht das Geld gibst. Bitte, Karsten, ich will hier raus, ich will zu dir zurück.« Es folgte ein dumpfes Geräusch, als ob jemand mit einem Hammer auf eine Melone schlagen würde. Nazaré schrie auf. An dieser Stelle brach die Aufzeichnung ab, und der Entführer meldete sich wieder: »Das war nur ein Vorgeschmack.« – »Nein. Bitte nicht! Laßt sie in Ruhe! Ich will ja zahlen«, schrie Karsten. – »Halt die Schnauze, Arschloch!« sagte der Kidnapper kalt. »Ich habe nicht soviel Zeit. Also setz dich mit dem Geld neben das Telefon. Wir sagen dir heute abend, wo du es hinbringen sollst.« Ein Klicken, und das Gespräch war zu Ende.

Ich drückte auf die Stopp-Taste. »Sie wollen ihn einschüchtern. Das ist normal.« Ich sprach mit leiser Stimme, so daß mich Karsten nicht hören konnte. »Das Wichtigste ist, daß Nazaré lebt. Trotz der Drohgebärden halten sich diese Wichser an unsere Anweisungen. Und da müssen wir weitermachen.«

Willi guckte mich zweifelnd an.

»Was ist mit dem Geld?« erkundigte ich mich.

»Ich habe telefonisch soweit alles geregelt. Es kann jederzeit abgeholt werden.«

»Okay, dann tu das! Ich werde versuchen, Karsten moralisch wieder aufzubauen. Er darf heute abend nicht schlappmachen.«

Karsten kam mit verquollenen Augen aus dem Schlafzimmer. »Redet ihr über mich?«

»Es läuft gar nicht so schlecht«, sagte ich begütigend. »Wenn du …«

»Gar nicht so schlecht?« heulte er auf. »Hast du nicht gehört, wie sie Nazaré gequält haben?«

Ich bugsierte Karsten auf einen Stuhl und nickte Willi zu, sich aus dem Staub zu machen. »Das war ihre Rache dafür, daß du ihnen einen Dämpfer verpaßt hast. Solche Typen können das nicht einfach hinnehmen. Versuch mal, die Sache positiv zu sehen: Sie haben deine Bedingung erfüllt. Und genau da setzen wir heute abend den Hebel an.«

»Oh, Mann.« Er ließ die Schultern hängen. »In der Theorie klingt das gut mit deinem Schritt-für-Schritt-Geschäft, aber ich weiß nicht, ob ich das nervlich durchstehe.«

Mit Engelszungen redete ich auf ihn ein, machte ihm klar, daß ein Nachgeben keinen Vorteil bringen würde, sondern im Gegenteil größere Gefahr für Nazaré. Daß er, wenn er Nazaré wohlbehalten zurückhaben wolle, seinen Standpunkt unnachgiebig vertreten müsse.

Endlich nickte er. »Ich werd's versuchen.« Doch seine zitternde Unterlippe versprach nichts Gutes.

Ich klopfte ihm auf den Rücken. »Seit zwanzig Stunden reden wir jetzt über Nazaré, und ich habe noch nicht einmal ein Foto von ihr gesehen.«

Sofort wurde er munterer. »Fotos? Klar. Habe ich jede Menge.«

Er ging ins Wohnzimmer und kehrte mit einem Stapel zurück. »Hier. Die habe ich in Brasilien aufgenommen. Als wir uns kennengelernt haben.«

Ich blätterte die Fotos durch. Nazaré posierte vor wechselndem Hintergrund, von Hochhäusern über Slums bis zu Palmen und weißem Sandstrand. Sie war, nach Mannequinmaßstäben, nicht schön, aber sie hatte eine selbstbewußte Haltung und einen kraftvollen, warmen Blick. Und eine natürliche Begabung, sich selbst in Szene zu setzen. Bei einem Bild fiel mir das besonders auf. Da stand sie, mit nackten Füßen und in einem knöchellangen weißen Kleid, das ihre braune Hautfarbe betonte, auf einem Segelboot. Die Arme weit ausgestreckt, hielt sie sich in der Takelage fest, während der linke Fuß, den sie kokett vor den rechten geschoben hatte, nur mit den Zehenspitzen die Planken berührte. Eine perfekte Inszenierung für den Fotografen, den sie von oben herab spöttisch anblickte. Im Hintergrund erkannte ich Hafenanlagen und einen kleinen Kirchturm.

»Wo hast du das Foto gemacht?« fragte ich.

»Das ist Pontal de Santo Antonio, ihre Heimatstadt in der Nähe von Belém.«

»Erzähl mir von Nazaré!« bat ich.

»Sie stammt aus einfachen Verhältnissen, jedenfalls nach deutschen Maßstäben. In Brasilien gehört ihre Familie zur Mittelschicht. Der Vater arbeitet bei der Hafenbehörde. Sie besitzen ein Häuschen, nichts Großartiges, aber durchaus solide. Als ich Nazaré kennenlernte, hatte sie allerdings schon eine eigene, kleine Wohnung in Belém. Ihr Vater hat dafür gesorgt, daß sie eine anständige Schulausbildung bekam, für ein Mädchen und außerhalb der Großstädte keine Selbstverständlichkeit.«

»Hat sie Geschwister?«

»Ja, eine ganze Menge. Warte mal! Drei Brüder und zwei Schwestern. Die Kleinsten leben noch bei den Eltern. Nazaré hat dann eine pädagogische Zusatzausbildung gemacht und als Grundschullehrerin gearbeitet.«

»Wie habt ihr euch kennengelernt?«

Karsten grinste. »Ganz profan. Am Samstagabend in der Disco. Ich bin damals mit einem Off-road kreuz und quer durch Brasilien gefahren. Sechs Wochen lang. Eine heiße Zeit, sage ich dir. Nazaré war nicht die erste Frau, mit der ich ... na, du weißt schon. Aber bei ihr war es anders. Liebe auf den ersten Blick. Da ging's nicht nur um Sex.« Er lächelte versonnen in sich hinein. Plötzlich verdüsterte sich sein Gesicht. »Georg, die dürfen sie nicht umbringen.«

»Nein.« Ich drückte seine Hand. »Das werden wir verhindern.«

Willi klappte mit schweißfeuchter Stirn den Aktenkoffer auf. Zweihunderttausend Mark, ordentlich gestapelt und gebündelt.

»Meine Fresse!« keuchte Willi. »Das schöne Geld. Viel zu schade, um es diesen Arschlöchern in den Rachen zu stopfen.«

»Du kriegst es zurück. Jede Mark«, sagte Karsten eingeschnappt.

Willi begann, die Bündel in eine weiße Plastiktüte zu werfen. »Ist schon okay. Wenn Nazaré gesund zurückkommt, war es das wert.«

»Jetzt fangt bloß keine Diskussion an!« schaltete ich mich schlichtend ein. »Die nächste Stunde verlangt unsere volle Konzentration.«

Der Austausch sollte in einer halben Stunde auf der Torminbrücke stattfinden. Mir war dabei erheblich unwohler, als ich den beiden gegenüber zugab. Denn erstens hatte sich der Kidnapper für meinen Geschmack zu schnell auf Karstens Forderung eingelassen, Nazaré mitzubringen. Und zweitens hatte er sich, fast beiläufig, nach Karstens Handynummer erkundigt und ihm geraten, das Gerät mitzunehmen, für den Fall, daß etwas Unvorhergesehenes dazwischenkomme. Das konnte nur eines bedeuten: Die Kidnapper sahen die Torminbrücke lediglich als Test an, sie wollten kontrollieren, ob die Brücke von der Polizei überwacht wurde.

Ich hatte Karsten noch einmal eingeschärft, sich nicht in einen Hinterhalt locken zu lassen. Allerdings hätte ich nicht einen meiner eigenen Hunderter darauf gewettet, daß er es richtig machen würde.

Wir gingen nach unten.

»Und denk daran«, sagte ich zu Karsten, »nimm das Handy im Handschuhfach nicht in die Hand! Beug dich auch nicht zu ihm hinab, wenn du mit uns sprechen willst! Guck einfach geradeaus! Du mußt damit rechnen, daß sie dich beobachten.«

Wir waren mit insgesamt drei Handys und einem Fernglas ausgestattet. Ein Handy mußte für die Kidnapper frei bleiben. Das zweite Handy lag im Handschuhfach von Karstens Wagen und stand im Dauerkontakt zu dem dritten Handy, das ich in der Hand hielt. So konnten Willi und ich im zweiten Wagen live mithören, wenn die Entführer anriefen und Karsten, was sie höchstwahrscheinlich vorhatten, umdirigierten.

»Viel Glück!« Ich klopfte Karsten noch einmal auf die Schulter.

»Wird schon schiefgehen.« Er probierte ein Lächeln, das im Ansatz steckenblieb.

»Was meinst du«, fragte Willi, als wir zwei Minuten nach Karsten losfuhren, »wird es klappen?«

»Keine Ahnung«, antwortete ich wahrheitsgemäß. Dabei bedeckte ich die Sprechmuschel des Handy mit der Hand. Karsten mußte von unseren Bedenken ja nicht unbedingt etwas mitbekommen.

»Jovel. Ich habe noch nie zweihunderttausend Mark auf eine so dünne Gewinnchance gesetzt.«

»Das hättest du dir früher überlegen müssen.«

Willi schwieg und verströmte einen säuerlichen Geruch. Auch ich bekam langsam feuchte Achselhöhlen.

Wir fuhren an dem überdimensionalen Strichmännchen zwischen den Bibliothekshälften vorbei und umkurvten die Innenstadt auf nördlicher Route. Dann bog Willi auf den Hindenburgplatz ein. Die ehemalige fürstbischöfliche Residenz sonnte sich im Scheinwerferlicht. Und schließlich blinkte auf der rechten Seite das schwarze Wasser des Aasees.

Die Torminbrücke führte über den Aasee, allerdings weiter westlich, Richtung Mecklenbeck. Um dorthin zu gelangen, mußten wir durch die schmale Straße vor der

Mensa. Auch sie ein Überbleibsel aus einer vergangenen Zeit. Rund um den Aasee hatten die Nazis das neue Zentrum Münsters geplant. In den wenigen Jahren, die ihnen von den beabsichtigten tausend geblieben waren, hatten sie nur die im Speer-Stil erbaute Gauverwaltung geschafft, die heutige Mensa.

Hinter einigen Uni-Gebäuden an der Scharnhorststraße lotste ich Willi auf einen kleinen Parkplatz. Von hier aus hatte man einen hervorragenden Überblick über die hell erleuchtete Torminbrücke, komplett mit einem vereinzelt parkenden Auto plus männlichem Insassen.

»Es ist nichts zu sehen«, sagte der männliche Insasse gerade.

»Wir haben noch fünf Minuten«, antwortete ich.

Dann nahm ich das Fernglas zur Hand und suchte die Umgebung der Brücke ab.

»Und?« fragte Willi.

»Nichts.«

Fünf Minuten später klingelte das Telefon im anderen Wagen.

»Eichinger.« – »Ja, ich fahre geradeaus und dann links, Richtung Mühlenhof. Aber ich muß darauf bestehen …« – »Nein, so hören Sie doch!« – »Okay.«

Ich hätte gerne widersprochen, aber das war leider nicht möglich.

Karsten ließ den Motor an. »Habt ihr das mitbekommen? Ich soll zum Mühlenhof fahren.«

»Ja«, antwortete ich gedehnt. »Keine gute Idee. Da ist es um diese Zeit stockdunkel.«

Willi startete ebenfalls. »Fahr dichter ran!« sagte ich zu ihm und bedeckte die Sprechmuschel. »Das ist mir nicht geheuer.«

»Du meinst, der Junge ist …«

»Noch können wir die Polizei rufen.« Ich schaute Willi fragend an.

Er kaute auf der Unterlippe. »Nein. Wir lassen es darauf ankommen.«

Willi hielt auf der Sentruper Straße, und ich schlug mich mit dem Fernglas in die Büsche. Karstens Audi stand einsam und verlassen auf dem Parkplatz vor der

Silhouette des original münsterländischen Geisterdorfes mit Mühle, das nur am Tag und von zahlenden Besuchern bevölkert wurde. Ich stellte das Fernglas scharf und sah, daß Karsten schon wieder telefonierte. Da ich das Handy bei Willi zurückgelassen hatte, bekam ich jedoch nicht mit, was die Kidnapper wollten. Erst als Karsten abfuhr, wußte ich, daß meine Befürchtungen bezüglich des Mühlenhofes grundlos gewesen waren. Die Endstation lag noch vor uns.

Ich spurtete zurück.

»Wohin geht's jetzt?« keuchte ich, während Willi einen quietschenden Rennstart hinlegte.

»Mecklenbeck. Sie haben nur gesagt: Mecklenbeck.«

»Hast du keine genauen Anweisungen, wo du hinfahren sollst?« fragte ich Karsten.

»Nein. Ich soll durch Mecklenbeck fahren. Mehr weiß ich nicht.«

»Verdammt«, wandte ich mich an Willi. »Was haben die vor? Eine beschissene Stadtrundfahrt?«

Willi zuckte hilflos mit den Achseln. »Frag mich nicht. Meine letzte Entführung liegt dreißig Jahre zurück. Ich war sechs und die Täterin die ein Jahr ältere Tochter unserer Nachbarn.«

Bevor wir weitere Überlegungen anstellen konnten, meldete sich drüben erneut das Telefon.

»Ja«, hörte ich Karsten sagen, »auf die Autobahn. Münster-Süd, dann nach Norden.«

»Es geht auf die Autobahn«, übersetzte ich für Willi.

Willi schlug auf das Lenkrad. »Herrgott nochmal, was wollen die eigentlich?«

»Es läuft aus dem Ruder«, stellte ich fest. »Am besten, wir brechen die Aktion ab.«

»Meinetwegen«, knurrte Willi.

»Karsten, hörst du mich?«

»Ja.«

»Wir brechen die Aktion ab und fahren zurück. Es ist zu gefährlich.«

Keine Antwort.

»Karsten?«

»Nein. Ich mache weiter. Ihr könnt ja zurückfahren, wenn ihr wollt. Ich übernehme das Risiko alleine.«

»Er will nicht«, sagte ich zu Willi.

»Hab ich mir fast gedacht.«

Ich atmete tief durch. »In Ordnung, Karsten, wir bleiben hinter dir.«

Am Autobahnkreuz Münster-Süd gingen wir auf die A 1 Richtung Bremen. Es sah so aus, als würde es eine Nacht der leeren Tanks werden.

Doch da hatte ich mich getäuscht. Bereits zwei Minuten später meldeten sich die Entführer zum vorläufig letzten Mal. Karsten solle auf dem Parkplatz der Raststätte Münsterland halten und die Plastiktüte in den am weitesten von der Raststätte entfernten Abfalleimer auf der rechten Seite werfen. Anschließend müsse er sofort weiterfahren. Dann, und nur dann, würde Nazaré zu Hause auf ihn warten, wenn er zurückkäme.

Ich beschwor Karsten, die Tüte nicht in den Abfalleimer zu werfen, aber er reagierte überhaupt nicht.

Als Willi und ich auf dem Parkplatz ankamen, war Karsten bereits wieder abgefahren. Ein weiteres Versteckspiel schien mir sinnlos. Wir hielten direkt vor dem beschriebenen Abfalleimer und sahen nach. Die Tüte war weg.

»Und nun?« fragte Willi.

»Ende der Operation. Es gibt zu viele Möglichkeiten. Vielleicht haben sie die Tüte in den Kofferraum eines parkenden Wagens geworfen. Sie können auch auf der Autobahn weitergefahren sein oder den Versorgungsweg nach Roxel genommen haben. Laß uns zu Karsten zurückfahren und hoffen, daß die Kidnapper nicht die Schweine sind, für die wir sie halten.«

»Du glaubst nicht, daß sie Nazaré laufen lassen?«

»Warten wir's ab.«

Nazaré war nicht da. Dafür saß Karsten wie ein Häufchen Elend am Küchentisch und jammerte. »Ich weiß, ich hab's vermasselt. Aber ich hätte es mir bis ans Lebensende nicht verziehen, wenn sie meinetwegen ...

Ich meine, sie haben doch versprochen, sie freizulassen. Es gab eine Chance, oder nicht?«

»Vielleicht hätte ich an deiner Stelle genauso gehandelt«, sagte ich müde. »Außerdem besteht die Chance noch immer. Oder sie verlangen mehr Geld.«

»Mehr Geld?« heulte Willi auf.

»Ja. Es wäre logisch, daß sie auf den Geschmack kommen, nachdem sie gemerkt haben, wie gut es funktioniert.«

Bis Mitternacht hörten wir weder etwas von Nazaré noch von den Kidnappern. Dann ging ich nach Hause. Ich brauchte dringend ein bißchen Schlaf, und zwar in meinem eigenen Bett.

Imke wachte nicht auf, als ich mich neben sie legte. Ich schlief sofort ein.

III

Ich wollte nicht aufwachen. Aber jemand rüttelte an meinem Arm und ließ nicht locker.

»Hörst du das nicht?« flüsterte Imke.

»Was?«

»Sarah weint.«

Jetzt hörte ich es. »Ja, ich höre es.«

»Dann steh auf und kümmer dich um sie!«

Es kam mir so vor, als hätte ich gerade mal fünf Minuten geschlafen, aber ein Blick auf den Wecker sagte mir, daß ich ganze zwei Stunden geschafft hatte.

Ein geübter Vater kann in der Nacht Bewegungsabläufe mit dem Unterbewußtsein steuern, in einer Art Trance. Zum Beispiel das Kind aus dem Bett nehmen, es auf dem Arm schaukeln und dabei in einem beruhigenden Tonfall sinnentleerte Sätze murmeln, das Kind in die Küche tragen und den Herd einschalten, das Kind im Arm halten und gleichzeitig Wasser aufsetzen, ein Fläschchen aus dem Kühlschrank holen und es in das Wasserbad stellen, mit dem Finger die Temperatur des Fläschchens prüfen, bis es den richtigen Zustand erreicht hat, das Kind füttern und ein paar Minuten hin- und hertragen, das Kind wieder ins Bett legen und dann selbst bruchlos weiterschlafen.

Auch ich beherrschte diese Routine, die das Gehirn in einem Dämmerzustand beläßt. Und doch, als Sarah heißhungrig an dem Fläschchen nuckelte, kam mir ein Gedanke. So plötzlich, daß ich für einen Moment das Fläschchen falsch hielt und Sarah erneut zu schreien begann. Wie am Tag zuvor im Supermarkt fiel mir ein eklatantes Versäumnis ein. Ich war wirklich ein lausiger Detektiv geworden.

Zwar immer noch müde, jedoch halbwegs funktionstüchtig ging ich am nächsten Morgen zur Arbeit. Karsten und Willi starrten mich aus blutunterlaufenen Augen an. Eine Batterie leerer Flaschen und mehrere gefüllte Aschenbecher auf dem Küchentisch zeigten an, daß sie sich nicht mit dem Warten allein begnügt hatten. Es stank nach Zigarettenqualm, Bier und Männerschweiß. Eigentlich erübrigte sich die Frage, aber ich stellte sie trotzdem.

Beide schüttelten den Kopf.

»Weder von Nazaré noch von den verdammten Wichsern, die sie gekidnappt haben«, knurrte Willi.

»Dann schlage ich vor, ihr legt euch ein paar Stunden aufs Ohr. In diesem Zustand seid ihr Nazaré keine Hilfe.«

»Ich kann nicht schlafen«, jammerte Karsten. »Nicht solange ...«

»Du kannst«, widersprach ich im Tonfall einer resoluten Rotkreuzschwester, »du mußt einfach nur die Augen zumachen.«

Willi stand ächzend auf. »Ich hau mich hin. Georg hält die Stellung.«

Karsten torkelte hinter ihm her.

»Ich habe mir etwas anderes überlegt«, sagte ich.

Die beiden blieben stehen.

»Karsten, du hast gesagt, Nazaré wollte Lebensmittel einkaufen und anschließend ein schwarzes Kleid.«

»Ja und?«

»Wie hat sie das gemacht?«

Er schnitt eine dümmliche Grimasse. »Wie meinst du das?«

»Ist sie zu Fuß gegangen? Oder hat sie ein Verkehrsmittel benutzt?«

»Ach so, jetzt verstehe ich. Ich habe einen Zweitwagen für sie angemeldet, eine alte Ente, burgunderrot mit schwarzen Kotflügeln. Nazaré hat einen brasilianischen Führerschein.«

»Das heißt, die Ente ist auch verschwunden?«

Er stutzte. »Natürlich. Daran habe ich überhaupt nicht gedacht.«

»Ich auch nicht. Und bei mir ist das weniger verzeihlich als bei dir. Nächster Punkt: Zu welchem Lebensmittelladen ist sie gefahren?«

»Größere Mengen hat sie immer im Aldi gekauft.«

»In welchem? Es gibt mehrere in Münster.«

»Dem an der Friedrich-Ebert-Straße.«

»Und wo wollte sie das schwarze Kleid kaufen?«

»Oh Mann, wenn ich das wüßte. Warte mal! Sie hat gesagt, sie hätte es mir gezeigt. Das kann noch nicht so lange her sein. Wo waren wir denn gemeinsam? Ja, jetzt fällt es mir wieder ein: der Laden ist irgendwo auf der Hörster Straße.«

»Erinnerst du dich an seinen Namen?«

Karsten kratzte sich am Hinterkopf. »Nein. Beim besten Willen nicht. Es war ein langer Samstag, und wir sind stundenlang herumgehetzt. Am Ende war ich ziemlich genervt. Aber gegenüber ist eine Disco und auf der anderen Straßenseite ein Café. Da haben wir noch zwei Cappuccini getrunken.«

Ich nickte. »Dann werde ich ihn finden. Letzte Frage: Wo hat sie wahrscheinlich geparkt, wenn sie zu dem Klamottenladen wollte?«

»Ich nehme an, auf dem Theaterparkplatz.«

Auf dem Parkplatz vor dem Aldi entdeckte ich keine burgunderfarbene Ente mit schwarzen Kotflügeln. Trotzdem versuchte ich, eine der beiden Kassiererinnen in ein

Gespräch zu verwickeln, was mir erst gelang, nachdem ich mich zehn Minuten in die Schlange gestellt hatte. Der Erfolg war niederschmetternd. Sie hatte an dem Tag, als Nazaré verschwunden war, angeblich nicht gearbeitet und ebenso angeblich keine Ahnung, wer an diesem Tag den Scannerstift geführt hatte.

Die zweite Kassiererin, die unseren kleinen Plausch mitverfolgt hatte, winkte ab, noch bevor ich ein Wort an sie richten konnte: »Fragen Sie den Filialleiter, Herrn Meier. Der gibt bei uns die Auskünfte.«

Herr Meier betrachtete lange und mit ausdruckslosem Gesicht meinen Detektivausweis. Dann sagte er: »Datenschutz. Ich kann Ihnen keine Namen oder Adressen geben.«

Ich verzichtete darauf, ihn zu fesseln und die Information aus ihm herauszuprügeln. Ohnehin sah er so aus, als habe er vom täglichen Kistenschleppen ziemlich kräftige Muskeln bekommen.

Es wäre auch vollkommen sinnlos gewesen, denn nach einer Runde über den Theaterparkplatz wußte ich, daß Nazaré die Fahrt hierher noch geschafft hatte. Mit dem Zweitschlüssel, den Karsten mir überlassen hatte, öffnete ich den bescheidenen Kofferraum der Ente. Pappkartons voller Dosen und anderer Instantgerichte, eingeschweißte Wurst und bis zum Jahr Zweitausend haltbarer Käse lagen vor mir. Aber kein schwarzes Kleid.

»Ist das Ihr Wagen?«

Ich drehte mich um. Ein uniformierter Parkwächter genoß die Autorität seines Amtes.

»Nein.«

»Der steht jetzt schon zwei Tage hier. Das kostet achtundvierzig Mark.«

Ich hielt ihm meinen Detektivausweis vor die Nase. »In diesem Wagen saß eine Frau.« Ich zückte ein Foto von Nazaré. »Können Sie sich an sie erinnern? Ihr Ehemann hat mich beauftragt. Wir vermuten, daß sie hier in der Nähe einen anderen Mann getroffen hat.«

»Ihr Liebhaber?« geiferte der Parkwächter.

Ich senkte die Stimme. »Sehr wahrscheinlich. Aber das bleibt unter uns, verstanden?«

Er nickte eifrig. »Klar. Ich habe alles gesehen.«

»Was haben Sie gesehen? Bitte eine genaue Schilderung! Auch die Details sind wichtig.«

»Na, sie hat so unverschämt gegrinst, als sie an der Einfahrt gehalten hat. Da habe ich mir gleich gedacht, daß sie eine Schlampe ist.«

Ich kniff die Augen zu einem Bogart-Blick zusammen. »Und dann?«

»Mehr weiß ich nicht. Sie ist jedenfalls nicht bei mir vorbeigekommen. Also muß sie wohl runter zur Hörster Straße gegangen sein.«

Der Laden hieß *Chez Michelle,* und die einzige Verkäuferin war eindeutig unterbeschäftigt. Doch trotz des durch mich verursachten Kundenandrangs dauerte es drei Minuten, bis sie das beschäftigungstherapeutisch sicher wertvolle Umhängen von Kleidern von der Stange A auf die Stange B beendete.

Ich variierte die Masche, die ich beim Parkwächter abgezogen hatte, setzte ein verhärmtes Gesicht auf und gab mich als gehörnter Ehemann von Nazaré aus, um ihre weiblichen Mitleids- und Konkurrenzgefühle voll zu stimulieren.

»Ja, ich erinnere mich«, sagte sie prompt. »Das Kleid kam auf ihrer Haut gut zur Geltung, stand ihr echt super. Ist sie Afrikanerin?«

»Südamerika«, hauchte ich zerknirscht. »War sie allein? Ich meine, haben Sie einen Typen beobachtet, der hinter ihr her war? Als Frau spürt man so etwas doch.«

»Im Laden war sie allein.« Ein konspiratives Lächeln huschte über ihr Gesicht. »Aber draußen hat einer auf sie gewartet. Habe ich ganz zufällig gesehen. Er hat sie angesprochen, und dann sind sie gemeinsam weggegangen.«

»Wie sah er aus?«

»Mittelgroß, würde ich sagen, so wie Sie. Ein bißchen jünger vielleicht, zwischen dreißig und fünfunddreißig. Dunkles Haar, Schnäuzer. Er trug eine Jeanshose und

-jacke, billige Ware. Ich habe mich noch gewundert, weil sie kleidungsmäßig überhaupt nicht zusammenpaßten. Die meisten Paare nähern sich ja irgendwie an, und meistens ist es die Frau, die den besseren Geschmack hat.« Sie schielte auf meine Hose, die aus dem Sommerschlußverkauf des letzten Jahres stammte.

»Könnte er ein Südamerikaner gewesen sein?«

»Nein. Eindeutig deutsch«, sagte sie entschieden.

»Das ist er.« Ich preßte theatralisch die Hand an die Stirn. »Was war ich für ein Idiot!«

»Wenn er wenigstens blond wäre«, meinte die Verkäuferin mitfühlend.

»Bitte?«

»Na, das weiß man doch, daß südamerikanische Frauen auf blonde deutsche Männer stehen. Aber er war ja nicht blond, sondern dunkelbraun.«

»Ah«, sagte ich.

Karsten konnte mit der Beschreibung nichts anfangen. »Nee, keine Ahnung. Klingt, als ob es sich um einen Ossi handelt.«

»Die tragen heute auch nicht mehr alle Jeans-Uniform«, warf Willi ein.

»Denk noch einmal nach!« wandte ich mich an Karsten. »Vielleicht kannte Nazaré den Mann.«

»Fängst du schon wieder damit an«, sagte er säuerlich. »Nazaré hat keine deutschen Bekannten. Wir sind ein paarmal übers Wochenende weggefahren und auf zwei, drei Partys gegangen. Das war alles.«

»Du hast vorgestern zwei Freundinnen erwähnt.«

»Ja. Die hat sie zufällig auf dem Wochenmarkt kennengelernt. Auch Brasilianerinnen. Mit denen hat sie über die Heimat gequatscht. Aber die beiden sind in festen Händen, in Latino-Händen.«

»Dann bleiben uns nur zwei Möglichkeiten«, stellte ich fest. »Entweder wir warten weiter ab, oder wir gehen zur Polizei.«

»Nicht zur Polizei«, sagten Karsten und Willi wie aus einem Mund.

Ich stöhnte. »Auf eure Verantwortung. Ich muß mich jetzt mal um meine eigene Familie kümmern. Die hat in den letzten Tagen wenig von mir gesehen. Ruft mich an, falls es etwas Neues gibt!« Ich ging zur Tür. »Ach, übrigens, eine Dusche würde euch beiden guttun. Es stinkt hier wie in einem schlecht belüfteten Kraftraum.«

»Scheiße, du hast recht«, pflichtete mir Willi bei. »Die Sachen kleben mir schon auf dem Leib. Ich muß dringend mal nach Hause.«

Mit einem schalen Beigeschmack von schlechtem Gewissen verließen wir Karsten, der verloren in der Küche stehenblieb.

»Hast du noch Hoffnung?« fragte Willi auf dem Weg nach unten.

»Wenn wir bis morgen nichts von ihnen hören, sieht es schlecht aus«, antwortete ich sibyllinisch.

»Wo wir gerade dabei sind«, setzte ich nach, als wir auf der Straße standen. »Ich will ja nicht drängen, aber gegen eine Anzahlung auf meine ersten Tagessätze hätte ich nichts einzuwenden.«

Willi fingerte einen Fünfhundertmarkschein aus dem Portemonnaie. »Reicht das fürs erste?«

Unterwegs kaufte ich Lachssteaks, Tagliatelle, Radicchio, Tomaten, Paprika, Mozzarella, Kapern, eine Flasche Rotwein und eine Flasche Apfelsaft. Es sollte ein Versöhnungsessen werden, und tatsächlich gestaltete sich der Abend recht harmonisch. Ich erzählte Imke von meinem Fall, und sie hörte interessiert zu. Am Ende meinte sie, daß es unverantwortlich sei, nicht die Polizei zu benachrichtigen. Da gab ich ihr im Prinzip recht.

Nachdem wir jeweils eine halbe Flasche leer gemacht hatten, sie den Rotwein und ich den Apfelsaft, gingen wir zusammen ins Bett. Das geschah in letzter Zeit nicht mehr so häufig wie früher. Meistens war Imke müde, oder ich war müde, oder Sarah schrie dazwischen. An diesem Abend machte es uns beiden Spaß, und wir nahmen uns vor, es wieder zur Regel werden zu lassen.

IV

»Heute muß ich wirklich zur Uni. Der Prof, der das Hauptseminar gibt, ist auch mein Prüfer beim Examen. Da heißt es Eindruck machen.«

Ich grunzte Zustimmung und drehte mich noch einmal um.

Fünf Minuten später erschien Imke mit unserer lieblichen Tochter am Bett: »Hier. Sie ist schon gewickelt und gefüttert.« Sie beugte sich herab und drückte mir einen Kuß auf die Lippen. »Ruh dich aus, mein Liebster, von deiner anstrengenden Detektivarbeit.«

Es hätte so ein schöner Morgen werden können. Ich überlegte gerade, in welchem Café ich frühstücken wollte, als das Telefon klingelte.

»Sie haben sich gemeldet«, sagte Willi.

»Und?«

»Sie wollen mehr Geld.«

»Bin schon unterwegs.«

Ich packte drei Fläschchen, zwei Pampers, eine Rassel und die Krabbeldecke in den großen Einkaufskorb, klemmte mir Sarah unter den Arm und fuhr zu Karsten.

»Ab sofort darf im Wohnzimmer nicht mehr geraucht werden!« entschied ich, nachdem ich Sarah auf der Krabbeldecke abgelegt hatte. Mindestens drei Minuten lang würde sie sich damit begnügen, an ihren Füßen zu spielen und am Schnuller zu nuckeln. »Kommt schon! Spielt mir das Band vor!«

Karsten guckte verlegen zu Willi, der die Fliesenmusterung auf dem Küchenboden studierte.

»Was ist los? Habt ihr es versehentlich gelöscht?«

»Nein.« Willi holte tief Luft. »Da ist etwas, was wir dir noch nicht gesagt haben.«

Ich schaute von einem zum anderen. »Soll das ein Ratequiz werden? Wenn ja, was kann ich dabei gewinnen?«

»Spiel ihm das Band vor!« sagte Willi.

»Eichinger.« – »Hallo Arschloch! Vielen Dank für das Geld.« – »Was ist mit Nazaré?« – »Der geht es gut, prächtig sogar. Sie beginnt sich langsam einzuleben.« – »Sie Schwein! Sie haben versprochen, daß sie freikommt.« – »Ja, das habe ich versprochen. Aber, sieh mal, ich habe mich so an Nazaré gewöhnt. Es fällt mir schwer, mich von ihr zu trennen. Ich habe schon überlegt, ob ich nicht ein Ohr als Erinnerung behalten soll.« – »Hören Sie gut zu! Wenn Sie Nazaré nicht sofort laufen lassen, gehe ich heute noch zur Polizei.« – »Hoho, die Polizei. Das würde ich mir an deiner Stelle gut überlegen. Ich mache dir einen Gegenvorschlag: Die ersten zweihunderttausend waren für Nazaré. Die nächsten dreihunderttausend, hast du das, Arschloch, dreihunderttausend sind für die Betrügereien der *Cominvest*. Sag deinem Chef, dem dicken Willi Feldmann, er soll das Geld bereithalten. Diesmal wollen wir es von ihm. Sobald wir das Geld haben, lassen wir Nazaré gehen, und Feldmann kann weiter armen Schweinen die Ersparnisse aus der Tasche ziehen. Andernfalls«, die Stimme wurde drohend, »könnt ihr euch denken, was passiert. Ende der Durchsage.«

Auf Willis Stirn bildeten sich Schweißtropfen. Keiner sagte ein Wort. Dann spuckte Sarah ihren Schnuller aus und fing an zu krähen.

Ich hob sie auf den Arm und sagte in eisigem Ton: »Also. Möchte mich jemand aufklären?«

»Nun«, begann Willi, »das Geschäft ist legal. Oder doch so gut wie legal.«

»Hör auf mit dem Scheiß!« unterbrach ich ihn. »Ihr habt geahnt, daß ein Zusammenhang zwischen der Entführung und der – wie heißt die Firma?«

»*Cominvest*«, half mir Karsten.

»… *Cominvest* besteht. Sonst hättet ihr euch nicht mit Händen und Füßen dagegen gewehrt, die Polizei einzuschalten. Und mich habt ihr wie einen Blinden aufs Eis laufen lassen. Ist euch eigentlich klar, daß wir dadurch zwei ganze Tage verloren haben?«

»Nein«, gestand Karsten.

»Dann will ich dir mal weiterhelfen. Für die Kidnapper ist offensichtlich eine Rechnung mit der *Cominvest* offen. Höchstwahrscheinlich gehört einer von ihnen zu den Geschädigten. Mit anderen Worten: sein Name steht in der Kundenkartei.«

»Der Gedanke ist mir auch schon gekommen«, sagte Willi.

»Bravo!« höhnte ich. »Entweder du machst reinen Tisch, erzählst mir haarklein, wie du die Leute über den Tisch ziehst, oder ich bin raus aus dem Fall.«

»Georg, bitte! Wir brauchen dich. Ich will es dir ja erklären. Aber es ist nicht so einfach. Weißt du, wie Derivate-Geschäfte funktionieren?«

»Bevor ich von Nick Leeson und dem Ruin der Barings Bank in der Zeitung gelesen habe, wußte ich nicht einmal, daß es so etwas gibt. Derivate haben keinen realen Wert, stimmt's? Man wettet quasi auf steigende oder fallende Kurse?«

Willi stöhnte. »Der gute Nick hat uns das Geschäft ziemlich vermasselt. Im Prinzip ist das richtig, was du sagst. Allerdings operieren wir im viel bescheideneren Rahmen. Wir verkaufen Optionen auf Aktienpakete oder Warentermingeschäfte in Zehn- oder Zwanzigtausendmark-Häppchen.« Er stockte. »Komm! Wir fahren zur *Cominvest*. Da kann ich dir alles zeigen.«

»Leeson litt unter dem *Felix-Krull-Syndrom*, er wurde zum Hochstapler. Mit seinen achtundzwanzig Jahren war er als General Manager der Barings Futures in Singapur allein verantwortlich für die derivaten Handelsgeschäfte, eigentlich ein Unding. Aber er hatte eine goldene Hand. 1993 konnte er an das Mutterhaus in London über zwanzig Millionen Dollar Gewinn überweisen. Also ließen ihn die Barings-Bosse machen. Sie zahlten ihm eine halbe Million Jahresgehalt und Erfolgsausschüttungen von über einer Million.

Ende 1994 fing Leeson an, Futures-Kontrakte auf den japanischen Nikkei 225-Aktien-Index zu kaufen. Er spekulierte auf ein Steigen des Index.«

»Was sind Futures?« fragte ich.

»Termingeschäfte, im Broker-Deutsch: call options. Einfach gesagt, der Käufer verpflichtet sich, in der Zukunft Kontrakte, zum Beispiel Aktien, zu einem festgelegten Preis zu kaufen. Steigt der Aktienkurs, macht der Käufer einen Gewinn, da sein festgelegter Preis günstiger ist. Sinkt der Kurs, macht er Verlust. Im Derivate-Handel geht es jedoch nicht darum, tatsächlich Aktien zu kaufen, man kauft oder verkauft nur die theoretische Möglichkeit. Mit relativ wenig Geld lassen sich Optionen auf riesige Aktienpakete erwerben. Entsprechend hoch sind die Gewinnchancen. Innerhalb von wenigen Monaten kann man zwei-, ja sogar dreistellige Renditen realisieren. Natürlich ist umgekehrt auch das Risiko immens. Wird bei stagnierenden oder fallenden Kursen die call option nicht eingelöst – und Kleinanleger verfügen überhaupt nicht über die Mittel, um die realen Aktien zu kaufen – muß das gesamte eingesetzte Kapital abgeschrieben werden.

Doch zurück zu Nick Leeson. Er hatte also Nikkei-Futures gekauft. Aber der Nikkei 225-Index sank. Was machte Leeson? Er kaufte noch mehr Nikkei-Futures. Mit seinen gigantischen Einkäufen wollte er den Markt beeinflussen. Bis Mitte Februar 1995, also innerhalb von knapp zwei Monaten, hatte er über vierzigtausend Kontrakte zu je hundertachtzigtausend Dollar an den Börsen von Singapur und Osaka gezeichnet, Gesamtvolumen: knapp acht Milliarden Dollar. Und der Nikkei-Index sank ins Bodenlose, über zweitausend Punkte. Gesamtverlust für Barings: gut zwei Milliarden Mark.

Hinterher haben die Barings-Manager gesagt, sie hätten von nichts gewußt. Das ist natürlich völliger Quatsch. Noch vor dem Zusammenbruch im Februar 1995 haben sie einskommavier Milliarden Mark nach Singapur transferiert, um die massiven Verluste aufzufangen. Eine solche Summe muß selbst einen Bankvorstand stutzig machen.«

»Warum erzählst du mir das?« fragte ich.

»Ich wollte dir am Beispiel Leeson klarmachen, wie der Derivate-Handel läuft. Du hast doch selbst gesagt ...«

»Na gut. Aber meines Wissens ist Leeson wegen Urkundenfälschung verhaftet worden. Der Handel mit Derivaten ist schließlich nicht kriminell.«

»Nein. Auch deutsche Banken und Großunternehmen mischen da eifrig mit. Und, wie gesagt, auch das, was ich mache, ist eigentlich völlig legal.«

»Willi!«

»Ich bin ja noch nicht fertig. Erstens kaufe ich nicht selbst, sondern vermittle nur Optionen. Und da gibt es schon ein paar Tricks ... An der nächsten Ampel links!«

Wir fuhren über die Hammer Straße nach Hiltrup. In meinem Wagen, wegen der zwischen Rückbank und Vordersitz befestigten Kinderliege. Sarah fuhr gerne Auto. Meistens schlief sie nach dreißig Sekunden ohne jedes Gemecker ein. So wie jetzt.

»Das Gebäude da drüben ist es.« Willi zeigte auf ein dreistöckiges Bürohaus in Rot-Weiß. Rot waren die Backsteinziegel, weiß die Bleche vor den Fenstern, ein Hauch von Schneefall zu allen Jahreszeiten. »Auf dem Hof gibt es einen Besucherparkplatz.«

Die *Cominvest* residierte in der ersten Etage, auf mindestens zweihundert Quadratmetern. Der größte Teil der Bürofläche war nur durch Stellwände unterteilt. Überall standen Computer herum, auf denen Zahlen blinkten. Einige Männer mit weißen Hemden und bunten Schlipsen lümmelten sich auf teuren Lederstühlen. Ich war beeindruckt. Irgendwie hatte ich eine Scheinfirma in einem dunklen Hinterzimmer mit Telefon, Kopierer, Fax und wackeligem Schreibtisch erwartet.

»Sieht richtig echt aus«, staunte ich.

Willi feixte. »Es ist echt. Seriöses Auftreten ist nun mal das Wichtigste im Geschäft. Die Leute wollen glauben, daß sie in guten Händen sind.«

»Und das da? Sind das Aktienkurse?« Ich zeigte auf einen randvoll mit Zahlen gefüllten Bildschirm.

»Sicher. Kostet mich eine schöne Stange Geld, immer die Börsen von London, Chicago, Tokio und Singapur präsent zu haben. Aber einige unserer Kunden haben selbst so ein Ding in ihrem Büro stehen. Wenn die anrufen, kann ich nicht sagen: Warten Sie mal! Ich guck mal eben in der Zeitung nach.«

Einer der Schlipsträger kam zu uns herüber. »Gut, daß Sie da sind, Herr Feldmann. Ich brauche dringend eine Anweisung.«

Willi nickte ihm zu. »Red ruhig, Lucas! Das ist ein Freund von mir.«

»Herr Junker hat heute schon dreimal angerufen. Sie wissen doch, dieser Rentner. Er will unbedingt auf Marlboro einsteigen. Ich habe ihm gesagt, Marlboro sei zur Zeit nicht verfügbar. Aber er beharrt darauf, daß wir ihm letzten Monat Marlboro angeboten hätten.«

Willi sagte: »Wenn er Marlboro will, soll er Marlboro kriegen.«

»Aber ...«

»Kein aber, Lucas. Junker hat sich seine Lebensversicherung auszahlen lassen. Da liegen über zweihunderttausend Mark in niedrig verzinstem und kurzfristig kündbarem Festgeld herum. Soll er doch Gewinn machen. Wir holen uns das Geld später zurück.«

Lucas trat ab, und Willi räusperte sich: »Ja, äh, gehen wir in mein Büro.«

Willis Büro war ein Glaswürfel an der Seitenwand. Er hatte seine Scherpas jederzeit im Blick. Umgekehrt natürlich auch. Sich genüßlich in der Nase popeln, eine meiner liebsten Bürotätigkeiten, war nicht drin.

»Wie holst du das Geld zurück?« fragte ich und wippte mit dem rechten Oberschenkel, auf dem eine gähnende Sarah saß.

Willi schnaufte. »Ich sag's dir. Aber ist dir klar, daß ich mich damit völlig in deine Hand begebe?«

»Und wenn schon? Auf einen Erpresser mehr oder weniger kommt's doch nicht an.«

Willi fand das gar nicht komisch. »Sehr witzig, Georg. Diese beschissenen Gangster können mich in den Ruin treiben. Okay, ich fang von vorne an: Wir akquirieren Anleger, die Geld haben und denen die Sparkassenzinsen zu langweilig sind. Am liebsten BMW-Berufler.«

»Leute, die BMW fahren?«

Willi lachte. »Nein. BMW steht für Bäcker, Metzger, Wirte, also alle, die Schwarzgeld machen können. Das liegt nämlich tot herum. Und es hat den entscheidenden

Vorteil, daß jemand, der Schwarzgeld einsetzt, hinterher nicht zur Polizei rennt, falls er sich betrogen fühlt. Er müßte zunächst eine Selbstanzeige wegen Steuerhinterziehung machen und Steuern und Bußgelder nachzahlen.«

»Verstehe«, sagte ich.

»Gut. Wir garantieren eine anonyme Abwicklung. Das Geld wird über eine Liechtensteiner Bank in den internationalen Geldverkehr eingespeist. Dort landen auch die eventuellen Gewinne, fernab vom Zugriff des deutschen Fiskus. Von Liechtenstein aus geht das Geld auf die Cayman-Islands. Dort hat ein Cousin von mir eine Aktiengesellschaft gegründet.«

»Warum gerade die Cayman-Islands?« fragte ich.

»Cayman bietet als Off-shore-Finanzzentrum eine Menge Vorteile. Du kannst völlig problemlos Companies gründen, es gibt kein Aktienregister, keine Kontrolle der Bücher, so gut wie keine Steuern. Vor allem keine Steuern auf die Geschäfte, die du dort tätigst.«

»Weiter!«

»Mein Cousin mußte wegen einiger kleinerer Wirtschaftsdelikte die USA verlassen, aber er hat immer noch beste Kontakte zu Brokern in Amerika und Asien. Er kauft die Optionen, und die Anleger erhalten entsprechende Zertifikate. Sie haben allerdings einen Vertrag unterschrieben, nach dem wir die Werte verkaufen und in andere einsteigen dürfen, sobald uns der Zeitpunkt günstig erscheint.«

»Könnte das der erste Haken sein?« mutmaßte ich.

»Er ist es, obwohl er sich logisch verkaufen läßt. Denn im Aktiengeschäft kommt es auf Stunden, ja Minuten an. Da muß sofort gehandelt werden. Eine Rückfrage beim Anleger, der unter Umständen nicht erreichbar ist, würde zu lange dauern. Natürlich richten wir es so ein, daß wir uns in den meisten Fällen die Zustimmung holen, um kein Mißtrauen zu wecken.« Willi zeigte ein schmieriges Lächeln. »Der Rest ist geschicktes Timing. Am Anfang machen die Anleger einen kleinen Gewinn. Nicht allzu hoch, aber groß genug, um ihre Risikobereitschaft anzuheizen. Ob sie sich den Gewinn auszahlen lassen oder reinvestieren, ist uns in dieser Phase egal. Dann machen sie leichte Verluste. Wir empfehlen, Geld nachzuschießen, um die Verluste auszugleichen. Am Ende, und das kann je nach Paket ein paar Monate oder ein Jahr dauern, haben sie ihr ganzes Geld verloren. Etwas verkürzt gesagt, ich will dich hier nicht mit den komplizierten Szenarien langweilen, die ich dafür ausgearbeitet habe. Am wichtigsten ist sowieso die Psychologie. Man muß mit den Anlegern hoffen und bangen und tief enttäuscht sein. Und man muß sie für ihr Halbwissen loben, das sie sich irgendwo angelesen haben, und ihnen das Gefühl geben, daß sie das Spiel mit den Bären und Bullen selber steuern.«

»Bären und Bullen?«

»Baisse und Hausse, das Auf und Ab der Börse.«

»Aber was hast du davon, daß die Leute ihr Geld verlieren? Wenn ich dich richtig verstehe, ist der Optionskauf kein Schmu, sondern ein reales Geschäft.«

»Genau. Aber wir machen etwas, das wir den Anlegern nicht verraten. Eine Art Versicherung. Zu den call options der Anleger kaufen wir ein gleich großes Paket put options auf unsere Rechnung. Put-Optionen bieten die Möglichkeit, Optionen zu einem festgelegten Preis zu veräußern, unabhängig vom Aktienkurs. Wenn für den Anleger sein Optionspaket wertlos ist, streichen wir den Gewinn aus den Put-Optionen ein. Wir bieten den Anlegern sogar an, put options zu erwerben. Dann kassieren wir eben nur die Provisionen. Aber die meisten sind Gambler, die wollen den Kitzel des Risikos. Übrigens lassen wir nicht alle verlieren. Etwa jeder Zehnte gewinnt und erzählt es stolz herum. Die Verlierer halten sowieso die Klappe. Manchmal weiß nicht einmal die eigene Ehefrau, daß die Rücklagen futsch sind.«

Sarah preßte die Lippen aufeinander, bekam glasige Augen und eine rötliche Gesichtsfarbe. Ein sicheres Zeichen, daß sie dabei war, ihren Stuhlgang zu erledigen.

Ich dachte über das Gehörte nach. So ganz hatte ich immer noch nicht begriffen, wie Willi es schaffte, die Spekulanten nach Belieben verlieren zu lassen. »Was ist, wenn Optionen, von denen ihr annehmt, daß sie im Kurs fallen, in Wirklichkeit steigen? Ich meine, die Börse ist doch irgendwie ein Glücksspiel und nicht vollkommen planbar. Wie man bei Nick Leeson gesehen hat.«

»Denk daran, daß wir laut Vertrag jederzeit verkaufen können! Sobald eine Aktie steigt, sagen wir: Sorry, haben wir leider vorgestern veräußert.«

»Gibt das keinen Ärger?«

»Und wie! Die Leute sind ja nicht doof. Die können sich ausrechnen, daß ihnen unter Umständen ein hundertprozentiger Gewinn entgangen ist. Hier hat schon manch einer vor Wut in den Tisch gebissen. Einmal mußten wir einen Typen zu dritt festhalten, weil er die Einrichtung zu Kleinholz verarbeiten wollte. Aus Kulanzgründen haben wir auf eine Anzeige verzichtet, und er hat alles brav bezahlt. Aber was soll's? Auch ein Broker kann sich irren.« Willi schnaufte. »Natürlich zerrt das ganz schön an den Nerven. Weiß du, ich habe mir zusammen mit meinem Cousin ein schickes Sechzehn-Zimmer-Häuschen auf den Bahamas gekauft. Als Alterssicherung. Ich reiße noch ein paar Jahre und zwei, drei Millionen runter, dann setz ich mich ab und verbringe meinen vorgezogenen Ruhestand auf einem Achtzehn-Loch-Golfplatz zwischen Palmen und Caipirinhas.«

Ich nickte. »Klingt wie Lotto-Werbung.«

»Was willst du? Es ist harte Arbeit. Ich maloche sechzig, siebzig Stunden in der Woche, an mein letztes freies Wochenende habe ich nur eine vage Erinnerung.«

Ich zischte. »Es ist nicht Arbeit, es ist ein mieser, kleiner Schwindel, Willi. Ich möchte meine Alpträume nicht gegen deine tauschen.«

Er lief rot an. »Kommst du mir jetzt moralisch, Georg? Das war früher nie deine Stärke.«

Ich winkte ab. »Vergiß es! Allerdings erhöht sich mein Tageshonorar auf tausend Mark. Den Differenzbetrag könnte man als Schmutzzulage definieren.«

Willi starrte gedankenverloren an die Decke. »Mir bleibt wohl keine andere Wahl?«

»Da hast du verdammt recht«, sagte ich.

Es gab mal eine Zeit, da standen wir uns erheblich näher. Es kam mir so vor, als sei das nicht mehr in diesem, sondern bereits im vorvorletzten Leben gewesen.

Ich beugte mich vor und schnüffelte. Der Duft von mildem Babykot stieg mir in die Nase. Sarah machte ein unzufriedenes Gesicht und schmatzte.

»Gut. Als nächstes brauche ich die Kunden, die Karsten im – sagen wir mal – letzten Jahr betreut hat, und einen Topf mit warmem Wasser.«

Willi guckte mich verständnislos an.

»Um ein Fläschchen aufzuwärmen. Sarah braucht was zu essen und eine frische Windel.«

»Ah so. Tja, wir haben eine kleine Küche ...«

»Zur Not tut's auch eine Kaffeemaschine.«

Wie auf Befehl gab Sarah erste Wimmerlaute von sich.

Nachdem ich Sarah mit allem, was ein Babyleben angenehm macht, versorgt hatte, kehrten wir in Willis Büro zurück. Er schaltete den Computer auf seinem Schreibtisch ein und tippte ein paar Befehle. »Karsten hatte in den letzten zwölf Monaten rund tausendfünfhundert Kundenkontakte, davon waren zwanzig erfolgreich. Eine ganz ordentliche Quote.«

»Wie viele haben ihr Geld verloren?«

»Achtzehn.«

»Nur die interessieren mich. Kannst du mir einen Ausdruck machen?«

»Schon unterwegs.« Der Drucker auf dem Beistelltisch summte und spuckte ein Blatt Papier aus.

Ich überflog die Namen. Keiner von ihnen sagte mir etwas.

»Wie willst du vorgehen?« fragte Willi.

Das war eine gute Frage. Ich klopfte Sarah auf den Rücken, und sie machte ein Bäuerchen.

»Ich habe nicht genug Zeit, um alle zu überprüfen. Wir müssen damit rechnen, daß die Kidnapper spätestens morgen die dreihunderttausend haben wollen.«

»Und das heißt?« erkundigte sich Willi besorgt.

»Ich schlage vor, daß wir Sigi einweihen. Wenn sie alle verfügbaren Kräfte auf den Fall ansetzt, haben wir vielleicht eine Chance.«

»Oh Scheiße«, jammerte Willi. »Bald weiß die halbe Stadt über mich Bescheid.«

»Du kannst auch freiwillig zahlen. Aber ich kenne keine bescheidenen Erpresser. Wenn sie merken, daß sie bei dir problemlos abkassieren können, werden sie weitermachen, bis sie dir die letzte Mark aus dem Ärmel geschüttelt haben. So wie ein Spieler, der erst aufhört, wenn er sein letztes Kleingeld in einem blöden Spielautomaten versenkt hat.« Bei dieser verunglückten Metapher kam mir der Schatten einer unangenehmen Ahnung, die ich lieber beiseite schob.

Willi wurde blaß um die Nase und faßte sich ans Herz. »Meinetwegen. Ruf Sigi an!«

Sigi war hocherfreut, von mir zu hören. »Schön, daß du anrufst, Georg. Du hattest gestern einen Termin bei dem Spielsalon auf der Hammer Straße.«

»Mist. Das habe ich vollkommen vergessen.«

»Vielleicht solltest du ab und zu in deinen Terminkalender schauen.«

»Paß auf, Sigi! Der Privatauftrag, von dem ich dir erzählt habe, hat sich zu einer großen Nummer ausgewachsen. Ich brauche alle verfügbaren Kräfte der *Security Check*.«

»Kann dein Klient zahlen?«

»Kann er.«

»Dann sehe ich keine Probleme.«

Wir vereinbarten, daß ich mit Willi kurz rüberkommen und sie auf den aktuellen Erkenntnisstand bringen würde.

Nachdem sich Sigi alles angehört hatte, nickte sie bedächtig mit dem Kopf. »Zweifellos ein interessanter Fall. Obwohl ich, da ein Menschenleben in Gefahr ist, dazu rate, die Polizei einzuschalten.«

»Auf gar keinen Fall«, sagte Willi.

Sigi lächelte milde. In ihrem klassischen grauen Kleid sah sie aus wie eine Karrierefrau, die es bis knapp unter die Vorstandsebene eines großen deutschen Konzerns geschafft hatte. »Ich verstehe natürlich, daß das unangenehme Fragen an Sie implizieren würde.«

Willi wischte sich den Schweiß von der Stirn. »Ich könnte meinen Laden dicht machen.«

»Und das wäre noch eine vergleichsweise günstige Lösung.«

Wir schwiegen und malten uns schlechtere Lösungen aus.

»Also gut«, fuhr Sigi fort. »Lassen wir die Polizei aus dem Spiel. Was schlägst du vor, Georg?«

Bevor ich zu einer Antwort ansetzen konnte, stieß Sarah einen markerschütternden Schrei aus. Sie war die ganzen Konferenzen leid. Was ich durchaus verstehen konnte. Konferenzen sind eine blöde Angewohnheit von Erwachsenen.

Ich versuchte, sie zu beruhigen, indem ich im Büro auf und ab lief. Sie schrie weiter.

Schließlich holte Sigi Aische, die Sekretärin, zu Hilfe, und ich übergab ihr meine Tochter samt Babykorb zu treuen, mütterlichen Händen. Das Schreien hörte zwar nicht auf, aber es wurde durch mehrere Türen gedämpft. Und die Konferenz ging weiter.

»Auch wenn nicht auszuschließen ist, daß die Kidnapper respektive Erpresser aus ganz anderen Kreisen kommen, scheinen mir die achtzehn Namen auf dieser Liste die aussichtsreichsten Kandidaten zu sein«, sagte ich und legte Willis Computerausdruck auf den Tisch. »Am einfachsten wäre es, wenn einer von ihnen zu der Personenbeschreibung paßt, die wir von der Boutiqueverkäuferin haben. Auch ein krimineller Hintergrund könnte hilfreich sein.«

Sigi lehnte sich zurück. »Bis morgen nachmittag? Sagen wir: um drei?«

»Das wäre super.« Ich sah Willi an. »Kannst du bis dahin die dreihunderttausend Mark besorgen?«

»Soviel habe ich nicht flüssig. Ich müßte erst nach Liechtenstein fahren.«

»Und was spricht dagegen?«

Er betrachtete seine dicken Wurstfinger. »Nichts.«

Auf dem Nachhauseweg schwirrte mir der Kopf vor lauter Put- und Call-Optionen, Liechtensteiner Banken und Off-shore-Geschäften in der Karibik. Ich dachte angestrengt nach, bis ich die Wohnungstür öffnete und Imkes erschrockenen Gesichtsausdruck sah.

»Wo ist Sarah?«

Sarah? In meinem Kopf bildete sich ein Blutstau. »Ich habe sie vergessen.«

»Du hast was?«

Ich stürzte die Treppe hinunter, düste mit dem Auto zum Prinzipalmarkt zurück, rannte zum Büro der *Security Check* hinauf. Da lag sie, friedlich schlummernd in den Armen von Aische.

»Sie sind mir aber ein schlechter Vater«, sagte Aische.

»Ja«, murmelte ich beschämt.

Es wurde ein frostiger Abend. Imke und ich redeten ungefähr soviel miteinander wie der amerikanische Präsident und der sowjetische KP-Generalsekretär in der Zeit der Berlin-Blockade.

In der Nacht hätte man in der Mitte unseres Doppelbettes einen Stacheldraht hochziehen können, ohne daß es einer von uns beiden gemerkt hätte.

V

Um den ovalen Holztisch im Konferenzraum der *Security Check* versammelten sich fünf Personen: Sigi, die heute in Arabella-Rot glänzte; ein völlig übermüdeter Willi; Hjalmar Koslowski, mein alter Freund und Kupferstecher, der seit unseren gemeinsamen Unternehmungen zwar ein paar Jahre älter geworden war, aber immer noch seine Fäuste als Ersatz für Brechstangen einsetzen konnte; Max von Liebstock-Blumenberg, ein Jüngelchen, das Sigi unter ihre Fittiche genommen hatte und als Kronprinz aufbauen wollte, und ich.

Sigi eröffnete die Konferenz: »Meine Herren, wir wissen alle, worum es geht, deswegen will ich mich nicht mit der Vorrede aufhalten. Herr Feldmann hat dreihunderttausend Mark von seinem Geschäftskonto in Liechtenstein abgehoben und ist bereit, den Kidnappern das Geld zu übergeben.«

Willi nickte apathisch.

»Die Kidnapper haben sich in der Zwischenzeit nicht gemeldet«, redete Sigi weiter, »dennoch müssen wir damit rechnen, daß sie die Übergabe baldigst terminieren. Auf die Modalitäten der Beobachtung und Verfolgung kommen wir später zu sprechen. Ich schlage vor, daß wir uns zunächst mit den Verdächtigen befassen. Max, du hast das Wort!« Sie warf dem neben ihr sitzenden Liebstock-Blumenberg einen aufmunternden Blick zu.

Für meinen Geschmack hatte Max außer flotten Sprüchen und großen Karos wenig zu bieten. Aber mein Geschmack zählte nicht mehr viel in der *Security Check*.

Liebstock-Blumenberg glättete einen Stapel Papiere, der vor ihm auf dem Tisch lag, und räusperte sich: »Nach Ansicht unseres Mitarbeiters Wilsberg haben wir es mit achtzehn Hauptverdächtigen zu tun. Mir scheint die Auswahl etwas willkürlich zu sein, doch das ist jetzt nicht das Thema.«

»Sehr richtig«, sagte ich.

Die adelige Bindestrich-Existenz schenkte mir ein süßes, kleines, unfreundliches Lächeln. »Durch Inaugenscheinnahme der Verdächtigen haben wir überprüft, ob es eine Übereinstimmung mit der Personenbeschreibung der einzigen Augenzeugin gibt. Zwei Verdächtige schieden von vorneherein aus, weil es sich um Frauen handelt. Bei den restlichen sechzehn gab es dreizehn positive Kontakte. Resultat: negativ.«

»Kannst du das auch auf deutsch sagen?« fragte ich.

»Er meint ...« begann Sigi.

Max unterbrach sie mit gereizter Stimme: »Ich meine, daß keiner der dreizehn Männer, die wir überprüft haben, auf die Personenbeschreibung paßte. Drei Männer waren bislang nicht auffindbar.«

»Schade«, sagte ich.

»Was ist schade? Daß die dreizehn nicht paßten oder daß wir drei nicht gefunden haben?«

»Ersteres«, sagte ich.

Der Schnösel rückte seine blauumrandete Brille zurecht. »In einem zweiten Untersuchungsschritt haben wir unsere Kontakte zum Polizeipräsidium spielen lassen.«

»Zu wem? Doch nicht etwa Stürzenbecher?«

»Nein.« Diesmal lächelte Sigi. »Dein Stürzenbecher ist in letzter Zeit wenig kooperationsbereit. Aber ich habe eine neue Quelle aufgebaut.«

»Von deren Identität nur Frau Bach und ich Kenntnis haben«, betonte Liebstock-Blumenberg unnötig prätentiös. »Wenn du nicht ständig dazwischenquatschen würdest, Georg, kämen wir schneller voran.«

Ich sagte nichts.

»Also, hier ergibt sich zum ersten Mal etwas Interessantes: drei der männlichen Verdächtigen haben einen kriminellen Hintergrund.«

Er schaute triumphierend in die Runde. Willi erwachte aus seiner Lethargie: »Kriminell? Was heißt das?«

»Dazu wollte ich gerade kommen, Herr Feldmann. Kandidat Nummer eins: Werner Koschwitz, siebenundvierzig Jahre alt, Beruf Hotelkaufmann, hat das Hotel seiner Eltern geerbt und nach seiner Haftentlassung veräußert. Vorbestraft wegen mehrfacher sexueller Nötigung, versuchter und vollzogener Vergewaltigung. Sieben Jahre ohne Bewährung.«

»Koschi, die alte Sau«, murmelte Willi.

Liebstock-Blumenberg ging darüber hinweg. »Kandidat Nummer zwei: Lutz Lorant, vierundfünfzig, Zahnarzt. Verurteilung wegen Betrugs. Er hat bei den Krankenkassen teuren Zahnersatz abgerechnet und seinen Patienten nur billige Behelfslösungen ins Gebiß geschraubt. Hohe Geldstrafe und Entzug der Kassenzulassung. Lorant gehört zu den dreien, bei denen wir die Täterbeschreibung noch nicht abgleichen konnten.«

Die Anwesenden enthielten sich eines Kommentars. Betrügerische Ärzte waren schließlich keine Seltenheit.

»Kandidat Nummer drei«, fuhr der Adelige fort. »Der aussichtsreichste, wenn ich so sagen darf. Dennis Langensiepen, dreiundzwanzig, Beruf Kaufmann.«

Willi richtete sich auf. »Langensiepen? Das ist doch nicht möglich. Der ist zu blöd, um ein Loch in den Schnee zu pissen.« Er hustete. »Entschuldigen Sie, Frau Bach!«

»Keine Ursache«, konzedierte Sigi. »Ich bin nicht empfindlich.«

»Tatsächlich ist Dennis Langensiepens Weste blütenrein«, erklärte Max. »Keine Vorstrafen. Nicht einmal ein Ermittlungsverfahren.« Er machte eine Pause und strich über sein flaumiges Oberlippenbärtchen. »Ganz im Gegensatz zu seinem Vater, Hugo Langensiepen.«

»Den kenne ich«, meldete sich Hjalmar Koslowski. »Hat der nicht die Bordellszene in Gronau aufgemischt?«

»Ganz richtig, Hjalmar«, bestätigte der Adelssproß. »Langensiepen seniors Vorstrafenregister liest sich wie eine Modellanleitung für Unterweltkönige: Körperverletzung, versuchter Totschlag, Menschenhandel, illegales Glücksspiel. Die letzte Verurteilung liegt allerdings fünfzehn Jahre zurück. Langensiepen hat sich soweit hochgearbeitet, daß er sich nicht mehr selbst die Finger schmutzig machen muß. Nach außen hin hat er sich mit einer in Bösensell ansässigen Baufirma ein seriöses Mäntelchen zugelegt. Die Polizei vermutet jedoch, daß er über Strohmänner weiterhin Besitzer mehrerer Bordelle im Münsterland ist.«

»Ideale Verstecke für Entführungsopfer«, warf ich ein.

»Greif bitte nicht vor, Georg!« wies mich Liebstock-Blumenberg zurecht. »Inwieweit Dennis in die Geschäfte seines Vaters verwickelt ist, konnte unser Kontaktmann bei der Polizei nicht sagen. Wahrscheinlich hat ihm der Alte das Kapital vorgeschossen, mit dem Dennis ein Café in der münsterschen Innenstadt gepachtet und eingerichtet hat. Laut Handelsregister ist allein Junior zeichnungsberechtigt.«

Willi sagte: »Die eigentlichen Geschäfte führt ein anderer. Dennis hat schon Probleme, den Taschenrechner zu bedienen.«

»Und mit wem hast du deine Deals gemacht?« erkundigte ich mich.

»Mit Dennis, natürlich. Er ist gleich drauf angesprungen. Hielt sich für ein besonders cleveres Kerlchen. Der ideale Kunde.«

Als Willi unsere erhobenen Augenbrauen sah, fügte er kleinlaut hinzu: »Ich konnte ja nicht ahnen, daß er so einen Vater hat.«

»Tatsache ist«, nahm Sigis Kronprinz seine langatmigen Ausführungen wieder auf, »daß Dennis blond, eher kleinwüchsig und etwas pummelig ist. Ich erinnere an die Beschreibung des Mannes vor dem Modeladen: groß ...«

»Was meinst du mit kleinwüchsig?« fragte ich dazwischen. »Deine Größe?«

»Bitte, Georg!« sagte Sigi streng.

»Aber das ist doch Humbug«, begehrte ich auf. »Natürlich hat Jung-Dennis Nazaré nicht aufgelauert. Er ist zu seinem Papa gelaufen und hat ihm brühwarm erzählt, wie er aufs Kreuz gelegt wurde. Das heißt, vermutlich hat er nicht einmal begriffen, daß er reingelegt worden ist. Aber der Alte hat's begriffen. Und der hat genügend harte Jungs, um so eine Entführung durchzuziehen. Wieviel hast du ihm abgenommen?« wandte ich mich an Willi.

»Aus dem Stand kann ich das nicht sagen. So zwischen zweihundertfünfzig und dreihunderttausend Mark.«

»Siehst du! In etwa die Summe, die sie jetzt fordern.«

Liebstock-Blumenberg öffnete den Mund, um etwas zu sagen, aber in diesem Moment klopfte es an der Tür, und Aische zeigte ihren schönen vorderasiatischen Kopf. »Da ist ein Herr Eichinger am Telefon. Er sagt, es sei dringend.«

»Stell ihn durch!« befahl Sigi.

Vor ihr auf dem Konferenztisch stand ein Telefon, das mit mindestens fünfzig Tasten ausgestattet war. Sie drückte auf mehrere. »Herr Eichinger?«

»Ja«, drang Karstens Stimme durch den Mini-Lautsprecher.

»Wir sind noch bei unserer kleinen Konferenz. Die Anwesenden können mithören.«

»In Ordnung. Die Kidnapper haben sich gemeldet. Die nächste Lieferung soll heute abend stattfinden.«

»Haben Sie das Gespräch aufgenommen?«

»Selbstverständlich.«

»Gut. Bleiben Sie in der Nähe des Telefons. Wir werden das Band abholen.«

Sigi guckte Koslowski an: »Hjalmar, würdest du so freundlich sein!«

Ich hob meinen Finger. »Wir sollten die Möglichkeit in Betracht ziehen, daß die Kidnapper Eichingers Wohnung beobachten. Deshalb schlage ich vor, daß Willi das Band holt.«

»Ausnahmsweise mal ein vernünftiger Gedanke«, sprang mir von Liebstock-Blumenberg zur Seite. »In der Zwischenzeit können wir unseren Schlachtplan für heute abend ausarbeiten.«

Willi rappelte sich hoch und wankte zur Tür. »Bis später.«

Kaum war er verschwunden, riß Max erneut das Wort an sich: »Ich habe mir bereits im Vorfeld ein paar Gedanken gemacht. Laßt es mich so sagen: Wir haben die Wahl zwischen der konventionellen und der modernen, zukunftsweisenden Taktik.«

»Klingt ein bißchen nach dem Staubsaugervertreter, der behauptet, daß sein Staubsauger besser saugt als die anderen«, sagte ich.

»Ich weiß, daß dir mal der Laden hier gehört hat«, konterte Liebstock-Blumenberg, »und ich kann mir vorstellen, wie sehr du darunter leidest, daß du heute nur ein kleiner, subalterner Mitarbeiter bist.«

»Könnt ihr, verdammt nochmal, damit aufhören«, grollte Sigi. »Es geht um eine ernste Angelegenheit.«

Max deutete eine Verbeugung in ihre Richtung an. »Darauf wollte ich gerade hinaus. Also, die erste, konventionelle Taktik ist die beobachtende Verfolgung während der Geldübergabe, auf die wir natürlich nicht gänzlich verzichten sollten. Um die zweite, alle modernen technischen Hilfsmittel ausnutzende Taktik zu erläutern, muß ich ein wenig ausholen.«

Ich schaute zu Hjalmar hinüber, der mir mit einem angedeuteten Achselzucken seine Solidarität versicherte.

»Die Kidnapper müssen damit rechnen, daß vielleicht doch die Polizei involviert ist. Sie werden deshalb weder Telefone in Wohnungen noch Handys benutzen. Was bleibt noch übrig? Öffentliche Telefone in Zellen oder Gaststätten.«

»Du wirst es nicht glauben, aber darauf bin ich auch schon gekommen«, sagte ich.

»Und was hast du daraus geschlossen, Georg?«

»Daß uns die Telefonspur nicht weiterbringt.«

»Falsch. Du bist eben nicht auf dem Stand der technischen Entwicklung. Mick sagt, daß er, bei entsprechender Vorbereitung, innerhalb von drei Minuten jeden Anschluß ausfindig machen kann.«

»Wer ist Mick?«

»Ein Deckname, lieber Georg.«

»Großer Gott«, murmelte ich. »Spielen wir hier Verstecken, oder was?«

Liebstock-Blumenberg schoß einen giftigen Blick auf mich ab, zwang sich aber zur Zurückhaltung. »Mick ist ein Computerfreak, der uns in anderen, Computerkriminalität betreffenden Fällen geholfen hat. Er ist in der Lage, sich in jedes Netz einzuklinken, auch in das Netz der Telekom.«

In Sigis Stimme schwang Anerkennung mit: »Jetzt verstehe ich.«

Max lächelte überheblich. »Schlußfolgerung: Sollten wir den Mann verlieren, der das Geld abholt, haben wir immer noch den Mann, der angerufen hat. Und der wird uns geradewegs zu Nazaré da Silva führen.«

Ich war beeindruckt, aber nicht allzu sehr. »Drei Minuten sind eine lange Zeit. Und er wird nicht ständig von der selben Telefonzelle oder Gaststätte aus anrufen, sondern wechseln.«

Wir diskutierten noch eine Weile hin und her und einigten uns schließlich darauf, daß wir insgesamt drei Teams einsetzen wollten, eins für die Telefonspur und zwei für die altmodische, konventionelle Methode, die altmodischen, konventionellen Detektiven wie mir mehr lag.

Kurz darauf kam Willi mit dem Tonband zurück. Auf ihm waren dieselbe Erpresserstimme und die gleichen schmutzigen Bemerkungen wie bei den anderen Anrufen zu hören. Das einzig Erfreuliche war eine Meldung, die morgens in der Zeitung gestanden hatte. Weil Nazaré sie vorlas.

VI

Ich machte mir ernsthaft Sorgen um Willi. Er war jetzt fast vierzig Stunden auf den Beinen, und das sah man nicht nur ihm, sondern auch seiner Fahrweise an. Ich hatte angeboten, an seiner Stelle das Geld zu übergeben, aber davon wollte er nichts wissen.

»Sie wollen das Geld von mir, also werde ich es ihnen auch bringen«, hatte er gesagt.

Vielleicht eine Art tätiger Reue, um sein schlechtes Gewissen zu beruhigen.

Der erste Anruf war gegen zweiundzwanzig Uhr gekommen. Das vorläufige Fahrtziel hieß diesmal Gievenbeck, genauer gesagt, die naturwissenschaftlichen Fachbereiche der Uni am Coesfelder Kreuz. Nach Seminarschluß war die Gegend dort so tot wie eine Sammlung ausgestopfter Vögel, und zwei Autos, die zufällig einem dritten folgten, fielen erheblich mehr auf als eine Parade von weißen Mercedes 600 in der Bronx.

Zwangsläufig mußten wir Willi einen großen Vorsprung lassen und hoffen, daß der erste Treffpunkt wie gehabt nur dem Warming up diente.

Ich fuhr zusammen mit Sigi, Koslowski saß mit einem Mitarbeiter aus der Coesfelder Filiale der *Sec Check* im zweiten Wagen, Max hing mit einer weiteren Aushilfskraft bei dem ominösen Mick herum. Das heißt, inzwischen hatte er sich, falls Mick hielt, was sich Max von ihm versprach, an die Fersen des Anrufers geheftet. Auch Karsten wäre gerne mitgekommen, aber wir hatten ihm, zwecks Schonung seiner und unserer Nerven, Hausarrest verordnet.

»Siehst du etwas?« fragte ich Willi.

»Nein. Es ist rattenstill.«

Das zweite Handy klingelte. Wir hatten so viele Handys im Einsatz, daß ich mir einen Spickzettel auf das Handschuhfach kleben mußte, um die Übersicht zu behalten.

Es war Max.

»Wie sieht's aus, Herr von Liebstock-Blumenberg?«

»Negativ. Identifikation der Telefonzelle einwandfrei: Domplatz Westseite. Aber als wir ankamen, war die Zielperson schon verschwunden. Wir fahren jetzt zurück zu Mick und warten auf den nächsten Anruf.«

»Positiv, Max.«

»Wie?«

»Ich hab's verstanden.«

»Ende und Aus«, sagte er noch, bevor er die Leitung kappte. Ein ordentlicher junger Mann.

»Was hast du eigentlich gegen Max?« wollte Sigi wissen.

»Wie kommst du darauf, daß ich etwas gegen ihn habe? Mal abgesehen davon, daß er ein arroganter, hochnäsiger, anmaßender Schnösel mit einer Vorliebe für grauenvolle Jacketts ist, finde ich ihn ganz sympathisch.«

»Du hörst dich an wie ein eifersüchtiger Ehemann.«

»Und du wie eine Frau in den mittleren Jahren, die den Reiz halberwachsener Bubis entdeckt.«

»Sexuell interessiert mich Max überhaupt nicht. Aber er hat ein bißchen Betriebswirtschaft und Jura studiert, arbeitet sehr zielstrebig und verfügt über ein großes Organisationstalent. Die Agentur ist so groß geworden, daß ich nicht mehr alles allein machen kann.«

Ich sagte nichts und hing meinen Gedanken nach. Sigi wohl auch, denn es ergab sich eine längere Schweigeperiode, die erst endete, als sich in Willis Wagen etwas tat. Fiesling verspürte das Bedürfnis, einen neuen Ortstermin anzusagen.

»Ja«, hörte ich Willi antworten, »Wolbecker Straße, der Parkplatz vor dem Supermarkt auf der rechten Seite.«

»Wir fahren zurück ins Ostviertel«, gab ich Sigi zu verstehen. »Wenn ich mich recht entsinne, ist das keine dreihundert Meter von Karstens Wohnung entfernt. Klingt ganz verheißungsvoll.«

Und dann reichte ich die Information an Koslowski weiter.

Münster ist eine nicht allzu große, im Prinzip recht übersichtliche Stadt. Um auswärtige Besucher wenigstens ein bißchen in die Irre zu führen und den Einheimischen zu belebteren Zeiten ein nahezu großstädtisches Staugefühl zu verschaffen, hatte man in allen Wohnbezirken ein kompliziertes Einbahnstraßensystem eingeführt und die Ampeln auf den Hauptverkehrsstraßen so geschaltet, daß ein zügiges Fortkommen unmöglich war.

Auch in der Nacht ließ man von diesen Spielchen nicht ab, und so verbrachten wir die meiste Zeit vor roten Ampeln, bis wir endlich die Wolbecker Straße erreichten.

Willi fuhr etwa hundert Meter vor uns. Er hatte versprochen, sich nicht auf irgendwelche Mätzchen einzulassen. Cash nur gegen Nazaré. Und in dieser Hinsicht traute ich ihm erheblich mehr zu als Karsten. Trotzdem stieg meine Anspannung in ungesunde Pulsfrequenzen.

Mit heiserer Stimme hielt ich Koslowski auf dem laufenden: »Er biegt jetzt auf den Parkplatz ein.«

Sigi drosselte die Geschwindigkeit. Im Schrittempo tasteten wir uns bis zu der Hausecke vor, von der aus man den Parkplatz überblicken konnte.

Und dann ging alles sehr schnell.

Ich sah Willi neben der geöffneten Wagentür stehen. Zunächst begriff ich nicht, warum er die Arme in die Höhe streckte. Erst nachdem sich meine Augen an die Dunkelheit gewöhnt hatten, entdeckte ich auf dem unbeleuchteten Parkplatz die vollkommen schwarz gekleidete Gestalt. Etwas Metallisches glänzte in ihrer Hand.

»Scheiße. Eine Pistole«, sagte ich.

Sigi riß das Handschuhfach auf und zog eine stupsnasige Damenpistole aus der Halterung. Ich hob das Handy hoch, um Koslowski zu warnen.

In diesem Moment ging die Gestalt auf Willi zu und machte eine Armbewegung. Willi knallte gegen den Türrahmen und sackte langsam zu Boden.

»Was ist los?« fragte Koslowski.

Die Gestalt griff in den Wagen und hatte den Geldbeutel in der Hand.

»Hände hoch! Stehenbleiben!« schrie Sigi, die inzwischen auf der Straße stand.

Die Gestalt blickte in unsere Richtung. Mit Ausnahme der weißglänzenden Augen war sie schwärzer als die Nacht. Allein die Körperhaltung ließ darauf schließen, daß es sich um einen Mann handelte. Er schien zu überlegen. Dann deutete er mit der Hand, die die Pistole hielt, einen Gruß an und rannte los, quer über den Parkplatz.

»Stehenbleiben!« schrie Sigi noch einmal und rannte hinterher.

Willi rührte sich nicht mehr.

Drei Sachen schossen mir gleichzeitig durch den Kopf. Ich entschied mich dafür, zuerst Willi zu helfen.

Beinahe wäre ich auf Koslowskis Kühlerhaube gelandet, als er mit quietschenden Reifen stoppte.

»Er ist nach da drüben gerannt.« Ich zeigte zur Rückseite des Parkplatzes. »Wahrscheinlich versucht er, über die Schillerstraße zu flüchten. Fahrt um den Block und hängt euch dran!«

Das Auto schoß davon, und ich ging zu Willi. Er hatte eine blutige Schramme an der Stirn, war aber bei Bewußtsein. Er brabbelte etwas, das ich nicht verstand.

»Es ist alles vorbei«, sagte ich. »Du bist in Sicherheit.«

»Er hat abgedrückt«, stammelte Willi. »Er hat einfach abgedrückt.«

Ich konnte keine weiteren Blutflecken erkennen. Zur Sicherheit tastete ich ihn ab. »Da ist nichts, Willi. Eine kleine Schramme, mehr nicht.«

»Er hat abgedrückt«, beharrte Willi. Offensichtlich stand er unter Schock.

Sigi kam hechelnd zurück. »Ich habe ihn verloren. Einfach über das Gitter geklettert und weg. Es war zu dunkel, um einen gezielten Schuß abzugeben. Ich kann doch nicht einfach in der Gegend rumballern.«

»Ich habe Koslowski hinterhergeschickt. Vielleicht erwischt er ihn.«

»Er hat abgedrückt«, sagte Willi.

»Hat er eine Schußverletzung?« fragte Sigi besorgt.

»Ich habe nicht gesehen, daß der Typ geschossen hat.«

»Nein. Wahrscheinlich Gehirnerschütterung und Schock. Los, packen wir ihn auf die Rückbank. Dann können wir Koslowski helfen.«

Willi hing wie ein verwundeter Grizzlybär auf unseren Schultern, aber schließlich schafften wir es, ihn auf die Rückbank seines Wagens zu hieven.

Ich setzte mich auf den Fahrersitz und startete den Motor. Sigi tippte die Nummer von Koslowski: »Habt ihr was?«

Nach ein paar Sekunden sagte sie »Hafenstraße« und hörte weiter zu.

Ich fuhr los.

Koslowski hatte die schwarze Gestalt nicht mehr gesehen, aber er hatte einen weißen Kadett beobachtet, der aus einer Parkbucht in der Schillerstraße ausscherte und mit Vollgas Richtung Südviertel düste. An der Kreuzung Albersloher Weg-Hafenstraße hatte der Wagen eine rote Ampel überfahren. Mit an Sicherheit grenzender Wahrscheinlichkeit war der Fahrer des Opels unser Mann.

Koslowski hielt Sigi ständig auf dem laufenden. Der Kadett ließ nichts unversucht, um seinen Verfolger abzuschütteln. Von der Hafenstraße war er nach links abgebogen und hatte eine Einbahnstraße in verbotener Richtung durchfahren. Koslowski machte natürlich dasselbe und wir, mit entsprechender Verzögerung, ebenfalls.

Ab und zu sagte Willi: »Er hat abgedrückt.«

Kreuz und quer ging es jetzt durch die engen Straßen des Südviertels; einmal glaubte ich, auf einer Parallelstraße den weißen Kadett gesehen zu haben.

Plötzlich sagte Sigi: »Mist, verdammter.«

»Was ist?«

»Er ist entwischt.«

Eine Minute später sahen wir den Grund. Ein entgegenkommender Wagen versperrte die Straße. Koslowski diskutierte wütend mit dem Fahrer. Wir konnten ihn gerade noch davon abhalten, den Mann vom Lenkrad zu pflücken und zu verprügeln.

Als Nazaré auch diesmal nicht auftauchte, erlitt Karsten einen Nervenzusammenbruch. Er schrie herum und zerlegte einen Teil der Wohnzimmereinrichtung. Koslowski mußte ihn einfangen und im Polizeigriff festhalten, bis es uns gelang, ihm eine Portion Beruhigungstropfen einzuflößen. Unsere Befürchtung, daß die Hausbewohner die Polizei alarmieren würden, erwies sich allerdings als grundlos. Wegen einer simplen Schlägerei in der Nachbarwohnung ruft heutzutage niemand mehr die Polizei.

Schließlich schlummerten beide Patienten friedlich im Doppelbett. Bevor Willi ins Reich der Träume abgedriftet war, hatte er uns eine etwas ausführliche Darstellung der Vorgänge auf dem Parkplatz gegeben. Danach hatte der Täter tatsächlich auf ihn gezielt und abgedrückt. Für einen Moment erlebte Willi seinen höchsteigenen schwarzen Freitag. Die Pistole hatte jedoch nur ein trokkenes Klicken von sich gegeben. Ich konnte gut nachvollziehen, daß das unfreiwillige russische Roulette Willi aus den Schuhen gehauen hatte. Der anschließende Schlag mit dem Pistolenlauf wäre eigentlich überflüssig gewesen. Aber unser Mann ging gerne auf Nummer Sicher. Er war wirklich ein gemeiner, hinterhältiger Fiesling.

Als Max von Liebstock-Blumenberg im Laufe des späteren Abends zu uns stieß, wirkte er ziemlich geknickt, soweit das bei seiner mickrigen Größe möglich war. Für ihn hatte sich Fiesling einen besonderen Gag ausgedacht. Der zweite Anruf war nämlich erheblich schwieriger zu lokalisieren gewesen, er kam aus dem deutsch-niederländischen Grenzgebiet, zirka eine Autostunde von Münster entfernt. Obwohl keinerlei Hoffnung bestand, irgend jemand irgendwohin zu verfolgen, war Max dennoch zur Grenze aufgebrochen, »um etwaige Spuren zu sichern«, wie er sich ausdrückte. Und etwas hatte er wirklich gefunden, ein Modem, mit dem der oder die Täter das Grenzlandtelefon zu einer Relaisstation umfunktioniert hatten. Auch Kidnapper gingen mit der technischen Entwicklung.

Fingerabdrücke fanden sich auf dem Modem ebensowenig wie wir daran glaubten, daß uns das Kennzeichen des weißen Kadett weiterbringen würde. Die Gegenseite war bislang so professionell vorgegangen, daß entweder der Kadett gestohlen war oder das Kennzeichen gefälscht oder beides.

Keiner von uns erwähnte es, aber jedem stand es ins Gesicht geschrieben: man hatte uns vorgeführt wie eine zweitklassige Schülermannschaft. Zumindest stand es zwei zu null für Fiesling, und ob er uns die Gelegenheit zu einem Rückspiel geben würde, wußte nur er selbst.

Eine Zeitlang diskutierten wir über die Frage, ob wir es mit einem oder mehreren Gegenspielern zu tun hatten. Fieslang versuchte zwar den Eindruck zu erwecken, daß er nicht alleine arbeitete, aber letztlich gab es dafür keinen stichhaltigen Beleg. Und wenn es sich tatsächlich um einen Einzeltäter handelte – sprach das für oder gegen die favorisierte Hypothese, daß Langensiepen senior hinter der Entführung steckte?

Nachdem wir zu keinem überzeugenden Ergebnis gekommen waren, verließ ich gegen ein Uhr die Krankenstation. Sigi hatte mit Willi einen hohen vierstelligen Betrag als Tageshonorar ausgehandelt, und dafür konnten sie und Max auch mal eine Nacht Händchen halten. Ich wollte das gleiche bei meiner Tochter tun, vielleicht sogar bei meiner Gattin, falls ich sie in einer gnädigen Stimmung antreffen sollte. Das Leben fand jedoch, daß es mir noch eine andere Überraschung zumuten sollte.

Während ich dem elterlichen Schlafzimmer zustrebte, warf ich rein gewohnheitsmäßig einen Blick ins Wohnzimmer. Ich blieb stehen, ging zwei Schritte zurück und stellte fest, daß meine Wahrnehmung nicht trog. Über die Lehne des Wohnzimmersofas ragte ein Fuß samt Unterschenkel. Der Fuß und noch mehr der Unterschenkel wirkten weiblich und nicht mehr ganz jung. In mir regte sich ein böser Verdacht. Imkes Stiefmutter Maria hatte ganz ähnliche Waden.

Maria und ich waren bisher ganz gut miteinander ausgekommen. Wir liebten uns nicht, aber wir respektierten einander. Grundlage dieser unproblematischen Beziehung war zweifellos die Tatsache, daß wir uns nicht allzu häufig sahen. Zum Beispiel hatte Maria noch nie bei uns übernachtet. Bis jetzt.

VII

Wir hatten drei Hauptverdächtige und zwei Möglichkeiten: zuerst die vermeintlichen Leichtgewichte aus dem Weg zu räumen, in der Hoffnung, daß sich eines von ihnen als das gesuchte faule Ei erweisen möge, oder direkt in die Höhle des Löwen zu marschieren und uns ihm als Fraß anzubieten.

Ich hatte eine unruhige Nacht und ein unerquickliches Morgengespräch hinter mir. Marias Anwesenheit entpuppte sich leider nicht als überraschender Höflichkeitsbesuch, sondern, wie mir Imke in kühlen Worten erläuterte, als lebensnotwendige Kompensation meiner ständigen Abwesenheit.

»Aber das ist doch nur vorübergehend«, sagte ich. »Wir haben vor zwei Tagen besprochen, daß ich alles nachhole.«

»Erzähl das meinem Prüfer! Ich kann nicht lernen, wenn ich Sarah auf dem Arm habe. Außerdem hast du versprochen, daß es höchstens noch ein oder zwei Tage dauern würde.«

Ich blickte sie zerknirscht an.

»Aha! Es war also eine Lüge.«

»Lüge würde ich das nicht nennen«, verteidigte ich mich matt. »Am Anfang sah es wie ein kleiner Freundschaftsdienst aus. Aber jetzt kann ich Karsten und Willi nicht einfach ihrem Schicksal überlassen.«

»So? Kannst du nicht? Aber mich kannst du durch die Prüfung sausen lassen? Ich will dir was sagen, Georg: deine alte Freundin Sigi schafft den Fall auch alleine. Du willst dir nur beweisen, daß du für diese Räuber- und Gendarm-Spiele noch nicht zu alt bist. Dabei warst du immer nur ein äußerst mittelmäßiger Detektiv.« Und so ging es noch eine Zeitlang weiter.

Das gemeinsame Frühstück mit Maria verlief dagegen sehr schweigsam. Ihre Achtung für mich schien auf das Niveau der Annäherung von Eisberg und Titanic gesunken zu sein.

Auf mein Selbstbewußtsein und auch meinen Tatendrang hatten die morgendliche Diskussion und die Aussicht auf eine WG mit Schwiegermutter nicht gerade wie eine Frischzellenkur gewirkt. »Laß uns mit dem frauenschändenden Hotelier und dem betrügerischen Zahnarzt anfangen«, sagte ich deshalb zu Hjalmar Koslowski. »Bei Langensiepen senior können wir später immer noch auf den Busch klopfen.«

Koslowski war das egal. Er nahm die Dinge, wie sie kamen. Und dann zitierte er einen alten Hank-Williams-Song: »I'll never get out of this world alive.« Es war das längste Zitat, das ich jemals von Koslowski gehört hatte. Streng genommen konnte ich mich nicht erinnern, daß er bis dahin überhaupt etwas oder jemanden zitiert hatte.

Auf Koslowski als Partner hatte ich übrigens bestanden, weil er bei handgreiflichen Auseinandersetzungen so etwas wie eine Bank war. Wenn ich schon einem Mafia-Don im münsterländischen Kiepenkerl-Format gegenübertreten mußte, wollte ich nicht auch noch Max von Liebstock-Blumenberg zwischen den Beinen haben.

Werner Koschwitz, Kandidat Nummer eins, wohnte in einer aus Ziegelsteinen gebauten Laube an der Werse. Die ideale Heimstatt für einen Triebtäter, denn die nächste Laube war zweihundert Meter entfernt, und außer der träge dahinfließenden Werse gab es keine Augen- und Ohrenzeugin. Ganz nebenbei auch kein schlechter Ort, um eine Geisel zu verstecken.

Wir hämmerten eine Weile gegen die Tür, erschreckten aber nur die Holzwürmer. Dann brach Koslowski die Tür auf.

Im Inneren sah es sauber und ordentlich aus. Es gab auch nicht viel Platz, um Sachen zu verstreuen: ein einziges Wohn-, Eß- und Schlafzimmer, eine kleine Küche, ein beengtes Badezimmer. Die Höhle eines Mannes, der nichts mehr von der Welt wissen wollte, was wohl auf Gegenseitigkeit beruhte. Die Einrichtung war rustikal, stabile Holzmöbel, eine rot-weiß-karierte Tischdecke, passend zu den rot-weiß-karierten Gardinen. An den Wänden hingen gerahmte Fotos. Auf einem war ein vierschrötiges Elternpaar zu erkennen, das einen gedrungenen Jungen in die Mitte nahm. Alle drei lächelten nicht. Auf einem anderen sah man einen gedrungenen Mann, der eine große Ähnlichkeit mit dem gedrungenen Jungen hatte, neben einer Frau stehen, die ihn um einen halben Kopf überragte. Die Frau lächelte, der Mann nicht.

Auf einem Kasten am Fußende des schmalen Bettes stand ein Fernsehgerät mit Antenne, darüber befand sich ein Videorecorder. Für die langen Abende, wie ich annahm.

Mit dem Lesen hatte es Koschwitz weniger. Außer einer drei Tage alten Tageszeitung, einer Fernsehzeitschrift und einer vergilbten Sammlung von Reader's-Digest-Bänden konnte ich keine Lektüre entdecken.

Koslowski klopfte die Wände ab.

»Glaubst du, daß es irgendwo eine Geheimtür gibt?«

Er legte ein Ohr gegen die Holztäfelung. »Verrückte kommen auf verrückte Ideen. Hier am Fluß kannst du bauen, ohne daß dir ein Ordnungsamt auf die Finger guckt.«

Mich schauderte bei dem Gedanken, was wir hinter einer solchen Tür finden würden.

Die massiven Schubladen des Holzschrankes gaben jedenfalls keine Geheimnisse preis: hauptsächlich Werkzeug und Haushaltsutensilien. Als äußerste Konzession an menschliche Gesellichkeit und Kommunikation konnten eine alte Schachtel mit Familienspielen und ein Satz Skatkarten gelten.

In der untersten Schublade fand ich schließlich Briefe. Die meisten stammten von Justizverfolgungsbehörden, aber auch einige andere Ämter hatten gelegentlich das Bedürfnis verspürt, Werner Koschwitz zu schreiben. Nicht ein einziger Brief war handschriftlich oder persönlich. Daneben lagen Urlaubsprospekte über Thailand und die Philippinen.

»Der Kerl hat überhaupt kein Privatleben«, sagte ich. »Hier drin ist es so heimelig wie in einer Leichenhalle.«

Koslowski zuckte nur mit den Schultern. Er hockte inzwischen auf dem Boden und klopfte dort herum.

Ich schaute mich noch einmal um. Dann fiel mir etwas auf. »Wozu braucht man einen Videorecorder, Hjalmar?«

»Ist das ein Intelligenztest?« fragte er zurück.

»Das Gerät ist nicht neu. Es sieht aus, als ob es häufig benutzt würde. Aber ich kann nirgendwo ein Videoband entdecken.«

»Merkwürdig«, murmelte Koslowski. Geistreiche Kommentare waren nicht seine Stärke.

Dafür besaß er einen guten Riecher. »Ein Hohlraum«, verkündete er plötzlich. Er hatte einen billigen Bastteppich beiseite geschoben und schlug gegen die Holzdielen. »Hörst du das?«

Ich hörte es.

Koslowski tastete die Ritzen der Dielen ab und fand ein kleines Stück Schnur. Als er daran zog, hob sich eine viereckige Bodenplatte.

Wir schauten in ein schwarzes Loch. Ich mußte an die Szene in *Das Schweigen der Lämmer* denken, in der Jodie Foster in die Schmetterlingshöhle des Serienmörders hinabsteigt. Falls Werner Koschwitz ins Kino ging, hatte ihm die Szene bestimmt gefallen.

Es roch dumpf, aber es gab keine Schmetterlinge.

Koslowski stand schon auf der Leiter, die an einer Seite der Luke lehnte. Ihr Fußende verschwand im Dunkeln.

»Sei vorsichtig, Hjalmar!« sagte ich.

»Ich bräuchte eine verdammte Taschenlampe«, knurrte er.

»Warte mal!« Ich rannte zum Schrank und wurde in einer Schublade fündig.

Mit einem mulmigen Gefühl im Bauch beobachtete ich, wie der Strahl der Taschenlampe über den Boden des Kellers glitt. Mittlerweile hoffte ich, wir würden nichts finden. Selbst Langensiepen seniors Phantasie konnte nicht so morbide sein wie dieser Ort hier.

Meine Befürchtung erwies sich als unbegründet. Keine Blutflecken, keine Ketten, nicht einmal ein Krug mit abgestandenem Wasser.

Koslowski ging zu den Wänden über. Sie waren vollgestellt mit billigen Metallregalen, wie sie auch ein schwedischer Möbelkonzern verkauft. Darauf standen und lagen, ordentlich nebeneinander aufgereiht und gestapelt, Hunderte von Videobändern, Büchern und farbigen Heftchen. Die seltsamste Bibliothek zwischen Rhein und Weser.

Koslowski nahm einige Heftchen in die Hand. »Lauter Sado-Maso-Zeug«, rief er herauf. Dann wandte er sich der Videoabteilung zu und ließ mich an einigen Filmtiteln teilhaben: »*Nackt in Ketten; Gequält und geschändet; Das Gummi-Monster schlägt zu* ...«

»Komm wieder rauf!« sagte ich. »Den Rest kann man sich denken.«

»Warum versteckt er den Mist?« wunderte sich Koslowski, als wir das Verlies wieder verschlossen hatten.

»Ich nehme an, daß einiges von dem in Deutschland verboten ist, Videos mit echten Sado-Szenen werden teuer gehandelt.«

Wir hörten ein Geräusch an der Tür. Dann stand die gedrungene Gestalt von Werner Koschwitz im Rahmen.

»Wer sind Sie? Was machen Sie hier?« Die Stimme brummte wie eine wütende Hornisse. Er hatte die Hände zu Fäusten geballt und schien noch zu überlegen, wem er sie zuerst ins Gesicht schlagen sollte.

»Polizei«, sagte ich.

Koschwitz bemerkte, daß der Bastteppich verschoben war. Ein leichtes Zittern durchlief seinen Körper. »Was soll das? Wer hat Ihnen erlaubt, in mein Haus einzudringen?«

»Wir haben uns Ihr Privatarchiv angeschaut.«

»Na und? Das ist meine Sache.«

»Nicht ganz. Es gibt ein Pornographie-Gesetz.«

Er schloß die Tür hinter sich. Seine Angriffslust ebbte ab. »Ich handle doch nicht damit. Ich kaufe nur für mich selbst.«

»Teilweise ist auch der Erwerb strafbar. Zum Beispiel bei Kinderpornos oder Snuff-Videos.«

»Quatsch. Kinder interessieren mich nicht.«

»Herr Koschwitz«, sagte ich mit einiger Autorität, die mir mein angeblicher Beamtenstatus verlieh, »wir könnten über das da«, ich zeigte auf die unterirdische Mediothek, »hinwegsehen, wenn Sie uns einige Fragen beantworten.«

»Was für Fragen?«

»Nach den Geschäften, die Sie mit der *Cominvest* getätigt haben.«

»Ach das.« Er entspannte sich. »Das war ein Schlag ins Wasser. Hat mich eine Stange Geld gekostet.«

»Wer hat Sie bei der *Cominvest* beraten?«

Er überlegte. »Ein Herr Eichmann oder so ähnlich.«

»Haben Sie ihn persönlich kennengelernt?«

»Einmal, als ich in deren Büro war, in Hiltrup, um die Verträge zu unterschreiben. Sonst hat er immer nur angerufen.«

»Wissen Sie, wo er wohnt?«

»Nein. Warum wollen Sie das eigentlich wissen? Ist irgendwas faul mit diesem Eichmann?«

Ich ignorierte seine Fragen. »Hatten Sie den Eindruck, daß Sie betrogen worden sind?«

»Betrogen? Nö. Ich hab halt Pech gehabt.«

Entweder besaß Koschwitz ungeahnte schauspielerische Fähigkeiten, oder er schied tatsächlich aus dem Kreis der Verdächtigen aus. Koslowski schien der gleichen Meinung zu sein.

Koschwitz hatte unseren Blickwechsel beobachtet. »Wollen Sie mir nicht endlich sagen, worum es geht? Werde ich wegen irgendwas beschuldigt?«

Koslowski kratzte sich am Kinn. Er hatte früher bei der Polizei gearbeitet, bis er wegen eines Vergehens, über dessen genauen Hergang er sich nie ausließ, seinen Pensionsanspruch verlor. Aber den berufstypischen Gesichtsausdruck, eine einschüchternde Mischung aus tiefsitzendem Mißtrauen und unterdrückter Wut, beherrschte er noch immer. »Wir haben da eine Anzeige vorliegen«, sagte er schleppend. »Die

Frau von Eichmann behauptet, daß Sie sie belästigt haben.«

Koschwitz schnappte nach Luft. »Die Frau von Eichmann? Die kenne ich doch gar nicht.«

»Sie wollen ihr nie begegnet sein? Eine große, schlanke Blondine?«

Koschwitz schluckte auch diesen Haken, ohne zu zappeln. »Nein. Wenn ich's doch sage. Ich mache sowas nicht mehr. Die Jahre im Gefängnis haben mir gereicht. Ich war in Therapie und alles. Ich bin geheilt.«

Bei den letzten Worten schaute er zu Boden. Ein Lügen-Indiz, wie die Staatsanwälte sagen. Aber es betraf eindeutig die angebliche Heilung und nicht Nazaré.

Eine letzte Frage hatte ich noch. »Wie kommt ein Mann wie Sie dazu, an der Börse zu spekulieren? Ihr Lebensstil wirkt nicht sehr aufwendig, wenn ich so sagen darf.«

»Das geht Sie zwar nichts an, aber ich sag's Ihnen trotzdem: ich will weg. Deutschland steht mir bis hier.« Er machte eine Handbewegung. »Ich wander aus, nach Thailand oder auf die Philippinen. Da unten kennt mich keiner. Da kann ich machen, was ich will.«

Ich nickte Koslowski zu. Es war Zeit zu gehen.

»Kann ich mal Ihre Ausweise sehen?«

Wir drehten uns um.

»Woher weiß ich denn, daß Sie wirklich von der Polizei sind?«

»Zeig ihm deinen Ausweis, Hjalmar!«

Kurz vor der unehrenhaften Entlassung aus dem Dienst hatte Koslowski seinen Ausweis als verloren gemeldet. Hin und wieder diente er jetzt einem guten Zweck.

Der Zahnarzt Lutz Lorant wohnte in einem festungsähnlichen Gebäude aus grauem Waschbeton und getönten, spiegelnden Fensterscheiben in Greven.

Koslowski und ich machten eine Runde um den Block. Der Einblick in das Grundstück wurde auf allen Seiten von einer hohen Mauer verwehrt. Zahnärzte hatten außer ihrem Standesdünkel eben noch einiges andere zu verteidigen.

Da wir keinen Dienstboteneingang fanden, schellten wir direkt am Hauptportal, komplett mit Videokamera. Es fehlte nur die Zugbrücke oder eine Selbstschußanlage.

Niemand öffnete.

Es war Tag, auf der anderen Straßenseite standen Häuser, eine Berührung der Haustür hätte vermutlich einen Alarm im örtlichen Polizeirevier ausgelöst, drei Gründe, die uns davon abhielten, die Tür aufzubrechen. Ganz abgesehen davon, daß hinter uns ein älterer Herr in grünem Loden und mit Dackel an der Leine Aufstellung nahm. Er beobachtete uns scharf, wild entschlossen, dem Diebesunwesen, das auch vor abgelegenen Grevener Villensiedlungen nicht Halt machte, mit aller staatsbürgerlichen Pflichterfüllung entgegenzutreten.

»Kann ich Ihnen helfen?« fragte er und meinte natürlich das Gegenteil.

Mit der Wir-wollen-ein-Päckchen-für-Herrn-Lorant-abgeben-Nummer hätten wir nicht mal Lodenmantels Dackel überzeugen können. Es gab nur eine Möglichkeit, ihn zum Sprechen zu bringen. Koslowski zückte zum zweiten Mal an diesem Tag seinen ungültigen Polizeiausweis.

Lodenmantel blühte auf. Man konnte richtig sehen, wie er bis zum Mittagessen die Szene ausschmücken würde.

Koslowski dämpfte verschwörerisch die Stimme: »Wissen Sie etwas darüber, wo sich der Hausbesitzer, ein gewisser Lutz Lorant, momentan befindet?«

»Der Zahnarzt?« vergewisserte sich Lodenmantel.

»Genau der«, bestätigte Koslowski.

»Ist er geflohen?«

»Darüber kann ich keine Auskünfte geben.«

»Nun, ich bin ja kein direkter Nachbar, wir wohnen in dem weißen Haus da unten.« So schnell wollte er uns nicht davonkommen lassen. Lange Rentnerspaziergänge am Vormittag, wenn die Frau zu Hause ihre Ruhe haben will, können auch tödlich langweilig sein. »Aber wir haben das natürlich in der Zeitung verfolgt, ich meine, den Prozeß gegen Lorant.«

Koslowski nickte verständnisvoll.

»Und man spricht darüber, wenn man sich auf der Straße begegnet. Es gibt hier noch einige andere Hundebesitzer. Da geht man schon mal ein Stück zusammen.«

Koslowski nickte.

»Also, in dem Haus da drüben, da wohnt ein Mann in meinem Alter. Er hat einen Golden Retriever, Rassehund, ein bißchen überzüchtet vielleicht.«

Koslowski nickte.

»Der hat das mitbekommen.«

»Was hat er mitbekommen?« fragte Koslowski.

»Lorant ist vor einer Woche zusammen mit seiner Frau abgereist. Auf die Malediven. Hat er jedenfalls behauptet.«

Die Zahnarzthelferin in Lorants Praxis bestätigte telefonisch Lodenmantels Angaben. Der Herr Doktor sei in Urlaub, in einem dringenden Fall könne sie mir die Adresse der Vertretung geben.

Auf dem Rückweg nach Münster gönnten wir uns in einem Gyros-Schnellimbiß eine Magenverstimmung.

»Jetzt haben wir den Salat«, stöhnte ich, und das war keine Anspielung auf das Essen.

»Sieht so aus«, sagte Koslowski.

Alles deutete darauf hin, daß Kandidat Nummer drei, der von vornherein favorisierte, nämlich Langensiepen senior, unser Mann war.

Wir fuhren nach Bösensell, einem Tausend-Seelen-Dorf an der B 51, das über die für seine Größe maximale Dichte an Möbelkaufhäusern verfügt, es stehen nämlich zwei nebeneinander. Und es gab eine Baufirma, die auf das Kommando von Hugo Langensiepen hörte.

Unterwegs diskutierten wir ungefähr dreizehn Möglichkeiten, etwas über den Aufenthaltsort von Nazaré in Erfahrung zu bringen. Die sicherste Methode wäre gewesen, einfach alle Gebäude, die mit Langensiepen in Verbindung gebracht werden konnten, sowie ihn und seine wichtigsten Mitarbeiter zu beschatten. Aber dazu hätten wir rund fünfzig Detektive und die Logistik einer Polizeidirektion gebraucht. Deshalb entschieden wir uns für den geradesten Weg. Er war zugleich auch der gefährlichste. Wir marschierten zum Firmenboß persönlich.

»Sie wünschen?« fragte die Sekretärin.

»Wir möchten Herrn Langensiepen sprechen.«

»Haben Sie einen Termin?«

»Nein.«

»Dann tut es mir leid. Ohne Anmeldung ist leider gar nichts möglich.«

Ich schenkte ihr ein gewinnendes Lächeln. »Sagen Sie ihm: es geht um die *Cominvest*. In diesem Fall wird er sicherlich eine Ausnahme machen.«

Sie taxierte Koslowski und mich mit den erfahrenen Augen einer Frau, die täglich eine Parade von geschniegelten Geschäftsleuten abnahm. Zweifellos fielen wir dabei durch den Rost. Auch zu der anderen Kategorie, die sehr wahrscheinlich an ihr vorbei ins Allerheiligste strebte, Unterweltgestalten mit offenem Hemd, Goldkettchen und Rolex, schienen wir nicht zu gehören. Was blieb da noch übrig? Polizei?

Sie nahm einen Telefonhörer in die Hand, tippte eine zweistellige Nummer und sagte den klassischen Sekretärinnensatz: »Da sind zwei Herren, die Herrn Langensiepen sprechen wollen.«

Woraus ich messerscharf schloß, daß sie nicht mit Hugo sprach. Zuerst würden wir seinen Zerberus überwinden müssen.

»Ja, das habe ich ihnen gesagt. Einer der Herren erwähnte den Namen *Cominvest*.« Sie nickte ihrem unsichtbaren Gesprächspartner zu. »Ist gut.« Und zu uns: »Einen Moment, bitte! Herr Kolbo kommt gleich.« Und dann machte sie das, was Sekretärinnen in solchen Situationen immer tun: sie legte ein wildes Stakkato auf der Tastatur ihres Computers hin.

»Wer ist Herr Kolbo?« fragte ich unbeirrt.

»Der Geschäftsführer.«

»So ist es«, sagte eine seitliche Stimme. Zuerst sah ich nichts, dann senkte ich den Blick. Herr Kolbo war größenmäßig auf halber Höhe zwischen einem Liliputaner und Rockstars vom Schlage eines Prince, Peter Maffay oder Elton John steckengeblieben, ohne Absätze maß er höchstens einen Meter fünfzig. Vielleicht hätte ich doch Max von Liebstock-Blumenberg mitnehmen sollen. Die beiden hätten sich sicher gut verstanden.

»Kommen Sie bitte mit in mein Büro!« sagte Kolbo mit einer mediterranen Dröhnstimme. Ohne unsere Zustimmung abzuwarten, ging er sehr aufrecht voran.

An den Wänden seines Büros hingen eine Menge Fotos, auf denen halbnackte Boxer posierten. Das erklärte Kolbos wippenden Gang und seine Blumenkohlohren.

Mein Blick blieb an einer Aufnahme hängen, die einen Boxring von oben zeigte. Zwei schwarze Boxer, umgeben von Betreuern, hingen auf ihren Schemeln. In dem Boxer auf der linken Seite glaubte ich Muhammad Ali zu erkennen.

Kolbo hatte mein Interesse bemerkt. »Der legendäre dritte Fight zwischen Muhammad Ali und Joe Frazier. Einer der härtesten Kämpfe der Boxgeschichte. Nach der elften Runde sind beide völlig ausgepumpt. Frazier hat den Mund voller Blut. Sein Trainer will ihn überreden, noch mal rauszugehen, aber Frazier sagt, daß er nicht mehr kann. Als Ali mitkriegt, daß Frazier aufgegeben hat, steht er auf und hebt seinen rechten Arm. Dann bricht er zusammen.«

»War das der Kampf, bei dem sich beide den Verstand aus dem Kopf geprügelt haben?«

Kolbos Mundwinkel zuckten. »Sport ist immer mit Risiko verbunden. Fußballer haben kaputte Knie, Tennisspieler einen lahmen Arm, und Boxer kriegen eben manchmal einen Schlag zuviel auf die Nuß.« Er wippte jetzt auf einem ledernen Freischwinger. »Offen gestanden habe ich alle Hände voll zu tun. Aber die Sache mit der *Cominvest* hat mich neugierig gemacht. Was wissen Sie darüber?«

»Verstehen Sie mich richtig, Herr Kolbo«, ich deutete ein Lächeln an, »das ist nichts gegen Sie. Aber darüber würden wir gern mit Herrn Langensiepen persönlich sprechen.«

»Junior oder senior?«

»Senior.«

Kolbo wippte heftiger. »Die *Cominvest*-Geschichte hat sich der Junior aufschwatzen lassen.«

»Das wissen wir.« Ich lehnte mich zurück und überließ Kolbo die Entscheidung. Entweder machte er uns die Tür auf, oder er jagte uns davon. Aber ausquetschen lassen würde ich mich nicht.

Das Fliegengewicht stoppte abrupt. »Tja, das wird leider nicht gehen. Herr Langensiepen hat vorgestern einen Herzinfarkt erlitten. So wie es aussieht, wird er überleben. Allerdings haben die Ärzte schon bis neun gezählt.«

»Oh«, sagte ich, »das ist aber eine schlechte Nachricht.« Und das meinte ich wirklich.

Es klopfte an der Tür, und Kolbo rief: »Herein!«

»Lothar, sag mal ...« Der Mann stockte, als er uns sah.

»In fünf Minuten«, wimmelte Kolbo ihn ab.

Der Mann verschwand wieder. Er war mittelgroß, zwischen dreißig und fünfunddreißig, hatte dunkles Haar und einen Schnäuzer. Außerdem trug er Jeans. Er paßte wie ein Abziehbild auf die Beschreibung der Verkäuferin aus dem Modeladen.

Ich warf Koslowski einen Blick zu. Der hob seine linke Augenbraue.

Betont lässig stemmte ich mich aus dem schlabbrigen Freischwinger hoch. »Dann wollen wir Sie nicht länger belästigen, Herr Kolbo. Vielleicht schauen wir in ein paar Wochen noch einmal vorbei, wenn es Herrn Langensiepen besser geht.«

Kolbo sprang ebenfalls auf den Boden. »Ich glaube, ich habe ganz vergessen, nach Ihren Namen zu fragen.«

»Das ist Herr Meier«, stellte ich vor. »Und mein Name ist Müller.«

»Herr Meier und Herr Müller, soso.«

»Klingt irgendwie gewöhnlich, stimmt's? Deswegen werden wir auch oft verwechselt.«

»Könnte mir nicht passieren«, sagte Kolbo. »Meier hat eindeutig den härteren Punch.«

Im Auto griff ich zum Handy, wählte die Nummer der *Security Check* und ließ mich mit Sigi verbinden. »Wir haben den Typen identifiziert, der vor dem *Chez Michelle* auf Nazaré gewartet hat. Schick ein Team rüber, das ihn überwacht!«

VIII

Im Treppenhaus, das in die zweite Etage des St.-Georg-Krankenhauses führte, hingen gemalte Bilder einer Realschulklasse zum Thema Himmel. Löwen spielten mit Antilopen, Tiger ließen sich streicheln, und die Menschen sahen alle gut und glücklich aus. Auf einigen Bildern schwebten sie wie riesige Insekten durch die Luft, mal mit, mal ohne Flügel. Auf einem anderen Bild gab es Hamburger vom Fließband für die jung Verstorbenen. Fiese alte Männer kamen dagegen nicht vor. Ich fragte mich, ob ich mich im Himmel wirklich wohl fühlen würde. Auf die Dauer konnte das Gute und Edle ziemlich langweilig werden. Und in der Hölle durfte man wenigstens anzügliche Witze über Engel machen. Andererseits würde mir dort eine Menge wirklich übles Gesindel begegnen. Wie Hugo Langensiepen.

Insgeheim hatte ich befürchtet, im Krankenhausflur auf einen Bodyguard zu stoßen. Das hätte die Sache etwas verkompliziert. Aber der Flur war, bis auf einige ungemütlich aussehende Rollbetten mit Plastiküberzug, wie leergefegt.

»Muß das wirklich sein?« fragte Hjalmar Koslowski. Er sah blaß aus und schwitzte stark.

Ich tippte auf Krankenhausphobie. Er selbst behauptete, er könne den Geruch nicht ertragen.

»Weißt du einen besseren Weg?«

»Wir könnten in aller Ruhe abwarten, bis uns der Kerl aus der Baufirma zu der Brasilianerin führt.«

»Und wenn sein Job mit der Entführung erledigt war? Soll Willi in der Zwischenzeit noch eine Million hinblättern? Nein, wir müssen die Chance nutzen.«

Koslowski nickte grimmig.

»Ich hoffe, du wirst nicht ohnmächtig«, sagte ich aufmunternd.

»Das hoffe ich auch«, knurrte er.

Ich las die Hinweise für Besucher neben der Tür zur Intensivstation. Es stand nichts darüber drin, wie man Gangsterbosse zu behandeln hat.

Auf mein Klingeln passierte lange Zeit nichts. Dann erschien ein blaubekittelter Pfleger in der Tür. »Zu wem wollen Sie?«

Ich trug ihm unseren Wunsch vor.

»Sind Sie ein Verwandter?«

»Der Neffe.«

»Wir können auf der Intensivstation nur Besuche der engsten Verwandten zulassen. Das müssen Sie verstehen. Es geht hier um Leben oder Tod.«

»Ich bin extra aus Berlin angereist«, sagte ich treuherzig.

Blaukittel ließ seinen Blick von mir zu Koslowski wandern. »Geht es Ihnen nicht gut?«

»Es geht schon«, hauchte Koslowski.

Blaukittel nickte verständnisvoll. »Warten Sie bitte einen Moment, ich werde nachfragen.«

Nach fünf Minuten öffnete sich die Tür erneut.

»Er ist bei Bewußtsein«, verkündete Blaukittel. »Sie dürfen ein paar Minuten mit ihm reden. Aber vermeiden Sie bitte jede Aufregung.«

»Das haben wir vor«, versprach ich.

Blaukittel reichte uns zwei frische blaue Kittel. Koslowski stöhnte verdächtig, als er seinen überstreifte.

Hugo Langensiepen war so weiß, daß er fast transparent wirkte. Nur die Lippen schimmerten bläulich. In seinem Hals steckten einige Schläuche, ein anderer führte zu der riesigen Nase, die wie ein Galgen aus der Ruinenlandschaft des Gesichts ragte. Neben dem Bett brummte und summte ein Geräteturm, und ein Monitor gab mit plingendem Geräusch die neuesten Werte des Blutdruck- und Puls-Lottos bekannt.

Als Langensiepen den Kopf ein wenig drehte, blieb ein Schopf grauer Haare am Kopfkissen kleben. Seine wässrigen blaugrauen Augen zeigten eine Spur von Erstaunen.

»Wer sind Sie?« flüsterte er.

»Das ist nicht wichtig«, sagte ich freundlich. »Verraten Sie uns einfach, wo Sie Nazaré versteckt haben!«

»Welche Nazaré?«

»Die Frau, die Ihre Männer entführt haben und als Geisel festhalten.«

Er drehte den Kopf zurück und studierte die Deckenbeleuchtung. »Ich habe niemanden entführen lassen. Und jetzt lassen Sie mich bitte in Ruhe. Ich bin krank.«

Es fiel mir nicht leicht, den Alten zu löchern. Ich tröstete mich mit dem Gedanken, daß Langensiepen das Wort Skrupel vermutlich nicht einmal buchstabieren konnte. »Ihr Sohn Dennis hat eine Menge Geld bei Börsenspekulationen verloren. Nazaré ist die Frau desjenigen Mitarbeiters der Firma *Cominvest*, der Ihren Sohn beraten hat. Sie glauben, daß Ihr Sohn betrogen wurde. Und Sie haben sich auf Ihre Weise gerächt.«

Langensiepen drehte den Kopf wieder in unsere Richtung. Der Monitor plingte heftiger.

»In Ihrer Situation sollten Sie sich keinen weiteren Streß zumuten«, redete ich weiter. »Sie haben fünfhunderttausend Mark kassiert, und das ist mehr als genug. Aber wir sind bereit, die Geschichte zu vergessen, wenn Sie uns Nazaré zurückgeben.«

Er öffnete den Mund und krächzte. Dann machte er einen zweiten Anlauf. Diesmal verstand ich die Worte: »Es stimmt.«

»Wo ist sie?« fragte ich und beugte mich über das Bett. Der Monitor ging zu einem unangenehmen Dauerton über.

Drei Sekunden später kam ein Arzt hereingeschossen.

»Was machen Sie da?« brüllte er mich an. »Gehen Sie vom Bett weg!«

»Ich glaube, der Anblick von meinem Freund hat ihn aufgeregt.« Ich zeigte auf Koslowski. Der lehnte an der Wand und japste nach Luft.

Der Arzt schüttelte unwillig den Kopf, drehte an den Öffnungen einiger Flaschen, die über Langensiepens

Kopf hingen, und verpaßte ihm eine Spritze. Der Gangsterboß selbst hatte die Augen geschlossen und schien sich an unserem Gespräch nicht mehr beteiligen zu wollen.

Anschließend schleppten wir Koslowski mit vereinten Kräften nach draußen und hievten ihn auf einen Stuhl.

»Tut mir leid, daß ich schlappgemacht habe«, murmelte der blonde Koloß beschämt.

Der Arzt brachte ihm zwei Tabletten und ein Glas Wasser. »Das nächste Mal lassen Sie Ihren Freund besser zu Hause«, riet er mir.

»Es wird mir eine Lehre sein«, versicherte ich reumütig.

Zehn Minuten später konnte Koslowski wieder freihändig gehen.

»Immerhin haben wir jetzt die Gewißheit, daß Langensiepen hinter der Entführung steckt«, sagte ich, als wir dem Krankenhausparkplatz entgegenstrebten.

»Hat er verraten, wo Nazaré steckt?«

»Soweit ist er leider nicht gekommen.«

Vom Auto aus rief ich Sigi an. Das Überwachungsteam lauerte immer noch vor dem Bösenseller Firmengelände.

Hinter der Wohnungstür empfing mich Maria. »Wir haben schon gegessen. Du kannst dir den Rest warmmachen, der auf dem Herd steht.«

»Danke«, sagte ich. »Wo ist Sarah?«

»Sie liegt im Bett und schläft.«

Ich schlich mich ins Kinderzimmer. Sarahs Kopf ruhte friedlich auf dem Kopfkissen. Sie atmete kaum hörbar. Rund sechzig Jahre lagen zwischen ihr und Langensiepen, eine Unendlichkeit für ein Baby, eine kurze Zeitspanne für einen alten Mann. In Sarahs Welt entstand jeden Tag ein neues Universum, in meiner drehten sich die Jahre bereits verdächtig schnell.

Ich ging in die Küche und wärmte mir ein schales Hühnerfrikassee mit Reis auf. Es schmeckte wie aus der Dose.

IX

»Hat jemand einen Vorschlag?« fragte Max von Liebstock-Blumenberg.

Im Konferenzraum der *Security Check*, der von einer fahlen Morgensonne in harte Schwarzweiß-Kontraste zerlegt wurde, herrschte Schweigen. Um diese Tageszeit krochen die Gedanken so langsam durch meine Gehirnwindungen wie ein Regenwurm über eine Rasierklinge.

Max kontrollierte den korrekten Sitz seiner Krawatte. Er sah zu allen Tageszeiten geschniegelt und ausgeruht aus. Kunststück, wenn man nicht raucht, Ovomaltine statt Kaffee trinkt und sich abends höchstens mal die doppelte Portion Kohlensäure im Mineralwasser gönnt.

Ich schüttete mir noch eine Tasse Kaffee ein.

In der ersten halben Stunde unserer Konferenz, die in alter Besetzung stattfand, hatte Max in epischer Breite die Erlebnisse der beiden Fahnder am gestrigen Abend referiert. Die beiden waren Charly, wie wir unseren Verdächtigen vorläufig nannten, vom Bösenseller Firmengelände bis zu einem Landbordell mit dem auch für Bauernjungs eindeutigen Namen *Club Herz Dame* in der Nähe von Appelhülsen gefolgt. Anschließend hatten die einsatzfreudigen Detektive keine Mühen, Spesen und Überstunden gescheut, um in verdeckten Interviews mit den im Club arbeitenden Damen etwas über Nazaré in Erfahrung zu bringen. Nur wurde ihre harte Arbeit an den Frauen leider nicht vom Erfolg gekrönt, was einige in der Runde zu hämischen Bemerkungen veranlaßte.

Inzwischen waren zwei andere Teams im Einsatz. Eines hielt sich in der Nähe des Clubs auf, ein anderes stand in Bösensell bereit, um Charly zu verfolgen, falls er Lust auf einen Ausflug verspüren sollte.

»Ich finde, Große-Kleinkamp und Berninger haben ihre Sache gut gemacht«, nahm Sigi ihre Mitarbeiter in Schutz. »Und was das weitere Vorgehen betrifft, bin ich nach wie vor der Meinung, daß wir die Polizei einschalten sollten.«

»Nein, nicht die Polizei«, begehrte Willi auf.

»Herr Feldmann«, Sigi rückte ihre Fensterglas-Brille zurecht, »ich habe nicht das Personal, um ein Rollkommando zusammenzustellen. Bedenken Sie, daß es in diesem Club professionelle Schläger gibt. Ich möchte auf jeden Fall vermeiden, daß jemand zu Schaden kommt.«

Willi ließ sich nicht beeindrucken. »Liebe Frau Bach, ich bezahle die ganze Party hier. Also sage ich auch, wo's langgeht. Und ich will keine Polizei.«

Sigi funkelte ihn an. »Wir können unsere Zusammenarbeit jederzeit beenden.«

Ohne Zweifel war die Diskussion an einem Punkt angelangt, den man mit Fug und Recht als kritsch bezeichnen konnte.

Nicht unerheblich zu dem Reizklima beigetragen hatte die dritte Geldforderung der Entführer. Diesmal verlangten sie fünfhunderttausend Mark. Ihre Inflationsrate orientierte sich offensichtlich mehr am Rubel als an der D-Mark.

»Kein Thema«, sagte Max.

Es war eine dieser Bemerkungen, für die ich ihn hätte ohrfeigen können.

Statt dessen startete ich einen Schlichtungsversuch: »Es bringt doch nichts, wenn wir uns gegenseitig Vorwürfe machen. Die letzten Tage waren aufreibend genug. Trotz aller Mißerfolge sollten wir aber nicht vergessen, daß wir ein großes Stück weitergekommen sind. Wir wissen, daß Hugo Langensiepen der Kopf der Entführung ist. Wir haben Charly, einen Mann aus Langensiepens Umkreis, der auf die Beschreibung des Täters paßt. Und wir kennen den Ort, an dem Nazaré mit einer gewissen Wahrscheinlichkeit festgehalten wird. Alles, was wir jetzt noch brauchen, ist ein Plan, wie wir ohne größere Verluste den *Club Herz Dame* durchsuchen können.«

»Und zwar schnell«, sagte Willi. »Ich habe keine Lust, noch einmal fünfhunderttausend hinzublättern.«

Max nickte. »Aus Ihrer Sicht ist das vollkommen verständlich, Herr Feldmann.«

»Aus Ihrer nicht?« keilte Willi zurück.

»Ihnen wird nicht entgangen sein, daß sich die Lage seit gestern verkompliziert hat. Dank Georgs Einsatz im Krankenhaus weiß Langensiepen, daß wir ihm auf den Fersen sind. Sobald er auch nur papp sagen kann, wird er die entsprechenden Sicherheitsvorkehrungen treffen. Was das für Nazaré bedeutet, kann sich jeder alleine ausmalen.«

»Höre ich da Kritik heraus?« erkundigte ich mich.

»Fangt nicht schon wieder an!« schaltete sich Sigi ein.

Durch einen Kontrollanruf im St.-Georg-Krankenhaus hatte ich vor einer Stunde festgestellt, daß Langensiepen noch unter den Lebenden weilte. Die Tatsache erfüllte mich mit einer gewissen Beruhigung, obwohl ihr Gegenteil für die Menschheit sicher kein großer Verlust gewesen wäre.

»Ich habe eine Idee«, sagte Koslowski.

Alle schauten ihn entgeistert an.

Koslowski erläuterte seine Idee. Sie war wirklich gut.

Der Parkplatz und die Vorderfront des *Club Herz Dame* lagen versteckt hinter einer dichten Baumreihe. An der vielbefahrenen Straße zwischen Appelhülsen und Nottuln deutete nur ein großes Schild mit einem gemalten Herzen und der Unterzeile *geöffnet von 14 – 3 Uhr* auf den tieferen Sinn der Örtlichkeit hin.

Koslowski und ich stiegen aus. Kurz vor der Einfahrt hatten wir den wartenden *Sec Check*-Kollegen zugewinkt. Jetzt kämpften wir allein auf feindlichem Terrain. Die Insassen der beiden schlammbespritzten Diesel-Mercedesse, die ebenfalls auf dem Hof standen, würden uns keine große Hilfe sein. Münsterländische Bauern sind dafür bekannt, daß ihr Blut erst nach einer Flasche Korn in Wallung gerät.

Die Gesichtskontrolle durch das kleine Guckloch in der Eingangstür verlief positiv. Ein stämmiger Bursche, dem der Mucki-Raum zur zweiten Heimat geworden war, hielt uns die Tür auf. »Guten Abend, die Herren. Kennen Sie sich hier aus?«

Ich verneinte bedauernd.

»Der Eintritt kostet zwanzig Mark. Dafür erhalten Sie ein Getränk der freien Wahl in der Bar. Die Getränke der Damen, die Sie einladen, gehen auf Ihre Kosten. Falls eine Dame Sie mit nach oben nimmt, wird im voraus bezahlt.«

Ich tippte zustimmend an meine nichtvorhandene Mütze und zog zwei Zwanzigmarkscheine aus dem Portemonnaie.

»Dann viel Vergnügen!« wünschte uns der Portier. Statt Livree trug er Jeans und Holzfällerhemd. Im *Club Herz Dame* legten sie nicht viel Wert auf Etikette.

Wir schritten durch einen muffigen, dunkelbraunen Flur und erreichten die sogenannte Bar. Das Verruchteste an ihr war ihr diffuses Licht. Es war so diffus, daß man selbst einen Stromausfall kaum bemerkt hätte.

Nachdem sich meine Augen an die Dunkelheit gewöhnt hatten, erkannte ich mehrere Frauen, die leicht bekleidet auf abgeschabten Sesseln saßen und mit dem Lackieren ihrer Fingernägel oder dem Inhalieren von Zigarettenrauch beschäftigt waren. Der Geschäftsführer oder wer auch immer sie ausgesucht hatte, legte offensichtlich Wert auf Abwechslung. Zwischen fünfunddreißig und neunzig Kilogramm Kampfgewicht war für jeden männlichen Geschmack eine Verlockung dabei.

Obwohl sie allesamt nicht sonderlich interessiert wirkten, spitzten einige Frauen die Münder und ließen Schnalzlaute hören. Koslowski winkte ihnen lässig zu. Zum Glück hatte sich keine als Krankenschwester verkleidet.

Eine Theke mit ungefähr zehn verwaisten Barhokkern komplettierte den Raum. Hinter der Theke stand ein stoppelbärtiger Kellner, den man in einem Vier-Sterne-Hotel nicht einmal als Hundetrainer engagiert hätte.

Ich deutete auf die Theke: »Laß uns erst einen Schluck trinken.«

»Wie du meinst«, sagte Koslowski mit einem sehnsüchtigen Blick auf die Sessellandschaft.

Wir schwangen uns auf zwei Barhocker.

Der Barkeeper auf der Suche nach dem verlorenen Rasierapparat stand schon bereit: »Was darf ich den Herren anbieten?«

»Einen irischen Whiskey«, sagte Koslowski.

»Ein Glas Milch«, ergänzte ich.

Ich sah ihm an, daß er meinen Wunsch für einen schlechten Scherz hielt. »Wir führen keine Milch.«

»Aber warum denn nicht? Draußen stehen jede Menge Kühe herum.«

»Weil wir keine Milchbar, sondern ein Nachtclub sind.« Er beschloß, mich zu ignorieren, und brachte Koslowskis Whiskey.

Hinter unserem Rücken hatten die Frauen gelost oder Zahlen-Lotto gespielt oder sich auf eine andere wortlose Art geeinigt. Denn exakt zwei von ihnen nahmen uns jetzt in die Zange.

»Spendierst du mir ein Glas Champagner?« fragte die auf meiner Seite mit einem harten osteuropäischen Akzent.

»Wieso sollte ich?« fragte ich zurück.

»Weil du ein netter Mann bist«, sagte sie mit einem Lächeln, das bis knapp unter die Nase reichte.

»Erst wenn ich meine Milch kriege«, verkündete ich trotzig.

Der Barkeeper hatte unseren kleinen Plausch mit verschränkten Armen verfolgt. Seine selbstauferlegte Zurückhaltung bröckelte sichtlich. »Freundchen, wenn du hier herumstänkern willst, bist du schneller wieder draußen als dir lieb ist. Ich kann dir einen heißen Tip geben, wo es warme Milch gibt.«

»Wer hat denn etwas von warmer Milch gesagt? Ich möchte kalte Milch.«

Koslowski nahm einen Schluck aus seinem Glas und kaute prüfend darauf herum. Dann knallte er das Glas auf die Theke. »Das ist kein irischer Whiskey«, schnauzte er den Barmann an, »das ist schottischer, wenn nicht sogar gottverdammter amerikanischer.«

Ein stoppeliges Kinn klappte nach unten. »Das ist doch wohl scheißegal. Irisch oder amerikanisch. Sie wollten irischen Whiskey, also trinken Sie ihn auch als irischen Whiskey.«

»Soll ich Ihnen mal was sagen?« Koslowski hob das Glas erneut. »Ich vertrage keinen schottischen Whisky. Es wird mir speiübel davon.« Er nahm einen großen Schluck und sprühte das weiße Hemd des Barmannes voll. »Sehen Sie?«

»Was ist hier los?« fragte der Catcher vom Eingang, der durch den Lärm angelockt worden war.

»Die Jungs machen Ärger«, rief ihm der Barmann zu. Er hatte plötzlich einen Baseballschläger in der Hand.

Der Catcher stellte sich breitbeinig auf. »Besser, ihr verzieht euch.«

»Moment mal«, protestierte Koslowski, »für zwanzig Mark kann ich einen echten irischen Whiskey verlangen.«

»Und ich ein Glas Milch, kalt, wohlgemerkt«, schloß ich mich an.

Der Catcher schaute zum Barmann und dann auf uns. »Haut ab, Leute, bevor ich sauer werde!«

Das Geräusch einer Polizeisirene schwoll langsam an. Das hätte eigentlich schon eine Minute früher passieren sollen, aber ich war trotzdem froh, daß unsere grünen Freunde kamen.

Die beiden Herz-Dame-Männer waren kurzfristig irritiert, und Koslowski nutzte die Gelegenheit eiskalt. Er packte den Catcher, trat ihm die Beine weg und warf ihn wie eine überflüssige Hantel auf die andere Seite der Theke, direkt gegen den Barmann, der in der Rückwärtsbewegung ein Glasregal mit Flaschen aus der Verankerung riß. Das Pärchen ging klangvoll zu Boden. Dazu passend intonierte der Frauenchor im Hintergrund spitze Angstschreie.

Währenddessen war ich längst auf dem Weg zur Eingangstür, um Sigi und Max hereinzulassen.

Der Plan von Koslowski sah vor, daß uns die Polizei ungewollt zu Hilfe kommen würde. Das *Sec Check*-Team vor dem *Club Herz Dame* hatte, kaum daß Koslowski und ich auf den Parkplatz eingebogen waren, die Nottulner Polizei angerufen und eine Schlägerei im Club gemeldet.

Die Polizisten, so hofften wir, würden die männliche Belegschaft des Bordells so lange beschäftigen, bis Sigi, Max und ich die Räume gefahrlos durchsucht hatten. Das einzige Risiko trug Koslowski. Es stand fünfzig zu fünfzig, daß er eine Anzeige wegen Körperverletzung kassieren würde.

Sigi und Max huschten herein.

»Zuerst der Keller!« sagte ich.

Große-Kleinkamp und Berninger hatten neben ihren intensiven Gesprächen noch Zeit für einen kurzen Rundgang gefunden. So besaßen wir eine grobe Skizze des Erdgeschosses und der ersten Etage und brauchten nicht allzu lange zu suchen, bis wir die Kellertür gefunden hatten. Sie war zwar verschlossen, aber mit Hilfe eines Stemmeisens schaffte es Max im dritten Anlauf, das Schloß zu knacken. Der Krach, den er dabei veranstaltete, ging im Sturmklingeln der Polizisten unter. Beim Einstieg ins Unterirdische hörten wir Koslowskis Stimme in der Nähe: »Moment, ich komme.«

Die Kellerräume sahen aus wie ganz normale Kellerräume. Es gab einen Heizungskeller und mehrere Vorratskeller, in denen vorwiegend Kisten mit Flaschen lagerten. Darunter ein billiger Sekt, der sich wohl durch den bloßen Transport in die Bar auf wundersame Weise in teuren Champagner verwandelte. Aber das war auch schon das Sonderbarste, was es zu entdecken gab. Keine Spur von einem Geiselgefängnis oder von Nazaré.

Wir hasteten ins Erdgeschoß zurück. Aus der Bar drang ein heftiger Wortwechsel, der von mehreren Männerstimmen bestritten wurde.

Auf einem kleinen Umweg gelangten wir zu der Treppe, die in die erste Etage führte. Hier oben befanden sich die Arbeitszimmer der Prostituierten. Zwei von ihnen standen im Flur und lauschten nach unten.

»Polizei!« rief Sigi. »Bitte gehen Sie in Ihre Zimmer und warten Sie dort!«

»Was soll 'n die Randale?« fragte eine dralle Blondine mit Zigarette im Mundwinkel.

Sigi ließ sich auf keine Diskussion ein. »Das erfahren Sie später. Nun machen Sie schon!«

Grummelnd trollten sich die Sexarbeiterinnen.

Die Chance, daß sie Nazaré in einer der Lasterhöhlen versteckt hatten, war gering. Trotzdem kontrollierten wir alle Zimmer. Einer der beiden Mercedesfahrer glotzte uns mit puterrotem Gesicht an.

»Ich hoffe, Sie benutzen ein Kondom«, sagte ich streng.

»Ja, natürlich«, stammelte er.

»Gut. Dann können Sie weitermachen.«

Der andere Mercedesfahrer verheddert sich gerade in seiner Hose. »Ich hatte das gar nicht vor«, beteuerte er ungefragt. »Ich wollte nur ein Bier trinken. Die da hat mich raufgeschleppt.«

»He, Schätzchen«, brummelte die Denunzierte, die gerade ihren BH schloß, »nun mach mal halblang.«

Dann waren wir auch schon am Ende des Flures angelangt. Und setzten unsere ganze Hoffnung auf die verschlossene Tür mit der Aufschrift *Privat*.

»Laß mich mal ran!« forderte Max. Er setzte das Stemmeisen an, und die Tür gab splitternd nach. Das Kerlchen entwickelte bereits Routine.

Hinter der Tür stießen wir auf eine Treppe, die weiter nach oben führte. Zu einer Art Apartment, das nur einen kleinen Teil der Grundfläche einnahm. Zwei Zimmer, eingerichtet nach dem miesesten Loddelgeschmack: grelle Farben, nackte Frauen an den Wänden und unterarmlange Teppichfasern.

»Das war's dann wohl«, sagte Max.

»Sie muß hier irgendwo sein«, beharrte ich.

»Hast du eine Idee, wo wir noch suchen können?«

»Vielleicht kann ich Ihnen helfen«, sagte eine Stimme.

Sie gehörte Charly, der aus dem Badezimmer trat. Dummerweise war er nicht allein. In seiner Begleitung befand sich ein riesiger Revolver, eine Magnum oder wie auch immer man in Amerika diese Bärentöter nannte.

»Machen Sie keine Dummheiten!« sagte Sigi. »Wir sind von der Polizei.«

»Dann zeigen Sie mir doch mal Ihre Ausweise!«

Da hatte er uns natürlich kalt erwischt.

»Schauen Sie aus dem Fenster!« versuchte ich ihn abzulenken. »Unten steht ein Polizeiwagen.«

Charly grinste. »Den habe ich schon gesehen. Nur habe ich das dumme Gefühl, daß ihr nicht dazugehört.« Er schabte sich mit der freien Hand das Kinn. »Also: Was sucht ihr?«
Wir schwiegen.
Charly nahm uns abwechselnd ins Visier. Die Chance, daß er abdrücken würde, war gering. Zumindest solange die Polizisten im Haus waren. Aber wehe, sie würden verschwinden, ohne hier oben nachzusehen.
»Wie nennt man das gleich? Richtig! Hausfriedensbruch.« Das Grinsen verzerrte sich zu einer brutalen Grimasse. »Und jetzt setzt euch auf eure Hintern, ihr Arschgeigen, die Rücken aneinander!«
Max setzte sich langsam in Bewegung. Mit kleinen Schritten ging er auf Charly zu. »Warten Sie mal, ich mache Ihnen einen Vorschlag.«
»Bleib stehen, du Zwerg!« brüllte Charly.
»Max, komm zurück!« keuchte Sigi.
Aber Max hatte beschlossen, den Helden zu spielen. Blitzschnell verlagerte er sein Gewicht auf das linke Bein und wirbelte das rechte durch die Luft. Dorthin, wo er den Revolver wähnte. Knappe zehn Zentimeter höher, und er hätte ihn tatsächlich getroffen.
Ein ohrenbetäubender Knall erfüllte den Raum. Max vollführte eine Pirouette mit gleichzeitigem Salto rückwärts. Als er auf dem Boden ankam, versank er fast vollständig im Teppich. Nur eine formlose blutige Masse, die einmal ein Unterschenkel gewesen war, ragte nach oben.
»Waffe fallen lassen!« schrie eine neue Stimme. Einer der echten Polizisten stand in der Tür.
Charly lachte, bevor er gehorchte.

X

Kriminalhauptkommissar Stürzenbecher hatte abgenommen. Das war an und für sich keine schlechte Nachricht, denn bei unserer letzten Begegnung hatte er zur Fettleibigkeit tendiert. Allerdings sahen die tiefen Magenfalten in seinem Gesicht nicht besonders gesund aus, und auch mit dem Hosenkauf war er nicht nachgekommen. Eine von Hosenträgern gehaltene, viel zu weite, braune Anzughose schlabberte um seine Hüften.

»Machst du Diät?« fragte ich.

»Scheiße. Mein Magengeschwür ist wieder aufgebrochen. Wenn ich etwas Festeres als Haferschleim zu mir nehme, muß ich kotzen.«

Ich drückte mein Mitgefühl aus.

Es war spät am Abend. Ein paar Stunden lang hatten sich die Polizeidirektion Coesfeld, in deren Zuständigkeitsbereich Nottuln fiel, und das Polizeipräsidium Münster darum gestritten, wer die Ermittlungen federführend leiten sollte. Schließlich hatte Stürzenbechers Dezernat in Münster gewonnen, und das war mir nicht unlieb, weil ich mit Stürzenbecher in einigen früheren Fällen zusammengearbeitet hatte. Soweit man die herablassende Haltung, die ein Kripo-Beamter des gehobenen Dienstes einem Privatdetektiv gegenüber an den Tag legte, als Zusammenarbeit bezeichnen konnte.

»Was machen die Kinder?« erkundigte ich mich.

»Die kennen mich nicht mehr.«

»Wie das?«

»Meine Frau hat sich scheiden lassen. Sie hat die Kinder mitgenommen. Na ja, der Große wird sowieso bald volljährig. Wenn sie dringend Geld brauchen, erinnern sie sich daran, daß sie einen Vater haben.« Er sagte das in einem sachlichen, fast kalten Tonfall. Schließlich war er ein harter, harter Kripomann. Aber man mußte nicht gerade der Erfinder der Psychosomatik sein, um seine familiäre Situation mit der Tatsache zu Verbindung zu bringen, daß sein Magen anfing, sich selbst zu verdauen.

»Wie ich hörte, hast du auch Nachwuchs bekommen.«

»Woher weißt du das?«

»Münster ist klein, Wilsberg. Und dein Flug durch die Lamberti-Kirche, gemeinsam mit dieser antikatholischen Terroristin, Legende. Wenn die Terroristin aus dem Gefängnis entlassen wird und ihren Flugpartner heiratet, kommt das zumindest einem Polizisten zu Ohren. Und am nächsten Tag steht's am schwarzen Brett.«

Stürzenbecher blätterte in seinen Unterlagen: »Genug der privaten Plauderei! Ich verstehe immer noch nicht, was ihr in diesem *Club Herz Dame* gesucht habt.«

»Wer sagt denn, daß wir etwas gesucht haben?«

Er zerknüllte einen Zettel und warf ihn in den Papierkorb. »Ich will dich nicht mit Fakten belästigen, Wilsberg, aber wir haben ungefähr zehn Zeugenaussagen, die übereinstimmend behaupten, daß drei Personen, identifiziert als Sigrun Bach, Max von Liebstock-Blumenberg, was für ein Name, und Georg Wilsberg, die Türen zu sämtlichen Räumen des Clubs geöffnet haben. Zwei dieser Türen, nämlich der Kellereingang und der Eingang zu den Privaträumen des Geschäftsführers, wurden aufgebrochen. Außerdem erwischte es Max von Liebstock-Blumenberg, als er sich gerade im Apartment des Geschäftsführers aufhielt. Wie würdest du das bezeichnen? Ich denke, im herkömmlichen Sinn könnte man von Suche sprechen.«

»Tatsächlich könnte man auf diese Idee kommen«, sagte ich nachdenklich.

Stürzenbecher rieb sich den Bauch. »Weißt du, was das Schlimmste ist? Daß ich keinen Kaffee mehr trinken darf. Die langen Verhörnächte ohne Kaffee bringen mich um.«

»Wo du gerade davon sprichst: Ich hätte nichts gegen eine Tasse Kaffee einzuwenden.«

Er zeigte mir den Effenberg-Finger. »Wenn ich keinen Kaffee trinke, kriegst du auch keinen.«

»Das nenne ich Bürgerfreundlichkeit.«

»Schluß mit den Spielchen.« Seine gelbliche Gesichtsfarbe bekam zwei rote Kleckse. »Die Schlägerei in der Bar diente der Ablenkung. Was habt ihr gesucht? Geht es um Erpressung? Oder um eine Entführung?«

»Wie hat eigentlich Preußen Münster am letzten Sonntag gespielt?« fragte ich zurück.

Er entblößte die Zähne. Es war kein Lächeln. Mehr eine Schmerzreaktion. »Mach mich nicht sauer, Wilsberg! Wir verhandeln nicht über Kinkerlitzchen. Liebstock-Blumenberg mußten sie den Unterschenkel amputieren.

Er wird überleben, aber er wird nie mehr Fußballspielen können.«

Ich hob die Arme. »Okay, okay. Ich bin ja geständig. Ich gebe zu, daß es in der Bar einen Streit gegeben hat. Koslowski und ich waren mit der Qualität der Getränke nicht einverstanden. Daraufhin wurden wir von dem Barkeeper und dem Türwächter angegriffen. Koslowski hat sich lediglich selbst verteidigt. Auch Max hat aus Notwehr gehandelt. Man kann das mißbilligen. Man kann sogar soweit gehen, es idiotisch zu nennen. Er hätte nie und nimmer versuchen sollen, diesem Gangster den Revolver aus der Hand zu treten. Aber er hat es in der besten Absicht getan, unsere Leben zu retten.«

»Du willst also nicht«, stellte Stürzenbecher fest.

»Laß mich eine Gegenfrage stellen: Was wißt ihr über den Mann, der auf Max geschossen hat?«

»Preußen Münster hat letzten Sonntag zwei zu eins gewonnen«, sagte Stürzenbecher.

So lief das jedes Mal zwischen uns ab. Zuerst wollte ich nicht, dann wollte er nicht, und am Ende schlossen wir einen Deal.

Ich machte den Anfang: »Die Freundin meines Klienten ist entführt worden. Wir haben vermutet, daß sie im *Club Herz Dame* festgehalten wird.«

»Warum ist dein Klient nicht zur Polizei gegangen?«

»Weil die Frau illegal in Deutschland lebt.«

»Hmmm«, machte Stürzenbecher. »Und wie seid ihr auf Langensiepen gekommen? Du weißt doch, daß der *Club Herz Dame* Hugo Langensiepen gehört?«

Ich nickte.

»Früher wäre ihm das ohne weiteres zuzutrauen gewesen«, sinnierte der Hauptkommissar. »Aber auf seine alten Tage ist er richtig brav geworden. Gilt in Bösensell als anständiger Bürger, sponsort den örtlichen Fußballverein und ist schon zweimal Schützenkönig geworden.« Er schaute mich an.

»Zuerst bist du dran«, sagte ich.

Mißmutig schüttelte er sein Haupt. »Der Mann, der auf Liebstock-Blumenberg geschossen hat, heißt Heiko Mehlhorn. Er ist ein gesuchter Verbrecher.«

»Und was hat er verbrochen?«

»Er hat in Lubnjow, Borkowy und einigen anderen Orten Sparkassen ausgeraubt.«

»In Polen?«

»Nein. In Deutschland. Ich habe mir sagen lassen, daß sich die Leute dort unten Sorben nennen.«

Ich war enttäuscht. »Ist das alles, was man Mehlhorn vorwirft? Kein Kidnapping, nicht einmal ein versuchtes?«

»Tut mir leid, Wilsberg. Er ist rein in die Banken und gleich wieder raus, sieht man mal davon ab, daß er bei einem Überfall einen Bankangestellten angeschossen und nach einem anderen eine alte Frau angefahren hat. Außerdem«, fügte er nach einer kleinen Pause hinzu, »haben wir den ganzen Club auf den Kopf gestellt. Wenn dort in den letzten Tagen eine Frau eingesperrt gewesen wäre, hätten wir es bemerkt.«

»Tja«, sagte ich, »dann war das wohl ein Schuß in den Ofen. Immerhin kann ich dein Bild von Langensiepen korrigieren. Wir haben Mehlhorn nämlich in Langensiepens Baufirma aufgestöbert.«

»Interessant.« Der Hauptkommissar machte sich eine Notiz. »Und was hat Mehlhorn dort getrieben?«

»Weiß ich nicht. Aber ich bin sicher, daß er auf Langensiepens Lohnliste steht.«

»Na schön«, knurrte Stürzenbecher. »Das ist schon mal etwas. Und jetzt verrätst du mir, wer dein Klient ist und in welcher Verbindung er zu Langensiepen steht.«

»Wer hat die Tore für Preußen Münster geschossen?« fragte ich.

Gegen eins kam ich nach Hause. Ich freute mich auf ein paar Stunden Schlaf. Seit der letzten Nacht hatten Maria und ich die Plätze getauscht, das heißt, sie schlummerte im Doppelbett und ich, so gut das ging, auf der Couch im Wohnzimmer. Morgen früh um sechs würde die Nachtruhe für mich zu Ende sein.

Die Wohnung war dunkel und still. Ich schlich mich zum Kinderzimmer und drückte leise die Türklinke nach unten. Sarahs Bett war leer. Imke hatte sie zu sich ins Bett geholt. Das machte sie manchmal, wenn Sarah von Alpträumen, falls Babys überhaupt Alpträume haben, oder irgendeinem anderen Gefühl von Unwohlsein geplagt wurde.

Etwas merkwürdiger fand ich schon, daß an der Garderobe im Flur so wenige Kleidungsstücke hingen. Und auch das Wohnzimmer sah aufgeräumter und leerer aus als sonst.

Auf dem Küchentisch fand ich die Erklärung. Ein Zettel mit wenigen Zeilen: *Hallo Georg. Es ist wirklich traurig, daß Sarah und ich dir anscheinend nichts mehr bedeuten. Da du deine Tage und Nächte lieber mit Kriminellen und angeblichen Freunden verbringst als dich um uns zu kümmern, blieb mir nichts anderes übrig, als vorübergehend zu meinen Eltern zu ziehen. Ich konnte Maria nicht länger zumuten, bei uns den Babysitter zu spielen, während mein Vater daheim leidet. In der Hoffnung, daß du bald zur Besinnung kommst. Imke*

Ich war geschockt, traurig und wütend zugleich. Ich fühlte mich schuldig, aber auch ungerecht behandelt. Ein Zustand, den ich unmöglich auf sich beruhen lassen konnte.

Nach zwanzigmaligem Klingeln hatte ich Hubert, Imkes Vater, am Apparat. »Ach, du bist das«, sagte er unfreundlich. »Gerade nach Hause gekommen, wie?«

Statt einer Antwort bat ich ihn, Imke ans Telefon zu holen.

»Ich glaube nicht, daß sie mit dir sprechen will. Außerdem schläft sie schon.«

»Sag ihr, es sei wichtig!«

Er knurrte, aber er legte nicht auf.

Eine Minute später hörte ich Imkes Stimme: »Was gibt es da noch zu reden, Georg?«

Ich schluckte die bissige Antwort, die mir auf der Zunge lag, und versuchte, sachlich zu bleiben: »Ich weiß, daß ich dich und Sarah in der letzten Woche vernachlässigt habe. Aber glaubst du, mir hat das, was ich tun mußte, Spaß gemacht? Lieber wäre ich bei euch gewesen.«

»Was wird das? Das Wort zum Sonntag?«

»Verdammt nochmal, Imke, wenn du verschwindest, ist das deine Sache. Aber du kannst mir nicht einfach Sarah wegnehmen.«

»Das hättest du dir vielleicht früher überlegen sollen. Bevor du Sarah bei irgendwelchen zwielichtigen Gestalten ablegst und vergißt.«

Ich stöhnte. »Gut, ich habe einen Fehler gemacht. Das wirst du mir wahrscheinlich noch vorhalten, bis Sarah volljährig ist.«

Jetzt kam Imke richtig in Fahrt: »Ich kann überhaupt nicht dulden, daß sie mit diesen Leuten in Berührung kommt. Wer weiß, welche psychischen Schäden sie davonträgt.«

»Das ist doch völliger Unsinn.« Ich wurde ebenfalls lauter. »Sie ist viel zu klein, um etwas anderes mitzubekommen als freundliche oder unfreundliche Töne. Du könntest ihr ein Massaker in allen blutigen Details schildern, solange du das nur mit einer netten Stimme tust.«

»Das ist deine Meinung, Georg«, sagte Imke kühl. »Ich habe eine andere Auffassung.«

Ich wagte einen letzten Vorstoß: »Außerdem ist mein Auftrag beendet. Ich bin jetzt wieder zu Hause.«

»Habt ihr die entführte Frau gefunden?«

»Nein«, gab ich zu.

»Na also. Ich kenne dich, Georg. Willi braucht nur zu pfeifen, und du wirst wieder springen.«

»Es hat keinen Zweck mehr. Die Spuren, die wir verfolgt haben, endeten im Nichts. Ich werde Willi und Karsten klipp und klar sagen, daß sie zur Polizei gehen müssen. Mit meiner Mithilfe können sie nicht mehr rechnen.«

»Warten wir's ab, Georg. Entschuldige, aber ich bin müde. Ruf mich in einer Woche wieder an!« Und dann legte sie auf.

Es gibt viele Dinge, die man in einer solchen Situation tun kann: Teller zerschlagen, Möbel umwerfen, rauchen, sich sinnlos besaufen.

Teller und Möbel interessierten mich nicht, aber ich holte die angebrochene Schachtel Zigarillos heraus, die in der untersten Schublade meines Nachtschränkchens lag. Ein paar Monate vor Sarahs Geburt hatte ich das

Rauchen aufgegeben. In der Wohnung rauchte ich ohnehin nicht mehr, und so war es mir nicht besonders schwergefallen, dem blauen Dunst gänzlich zu entsagen.

Der erste Zigarillo brannte auf der Zunge. Aber er schmeckte köstlich. Paffend wanderte ich durch die Wohnung. Ein Bild flackerte in meinem Hinterkopf wie die Leuchtreklamen in den Filmen von Rainer Werner Fassbinder. Es war verlockend. Es sah aus wie die Lösung meiner Probleme. Der große Gleichgültigmacher. Das Mittel, das die Schmerzen betäubt, die keine Schmerztablette lindern kann.

Meine Wanderung endete in der Küche. Eine Weile stand ich vor der Tür zur Vorratskammer und kämpfte mit mir. Ich verlor.

Mit einem Ruck riß ich die Tür auf und hielt den Überrest meines letzten Versöhnungsessens mit Imke in der Hand. Allein der Geruch, der aus der Rotweinflasche aufstieg, machte mich süchtig.

Der erste Schluck schmeckte kalt und ein wenig bitter. Der zweite war angenehmer. Mit dem dritten machte ich die Flasche leer.

Ich ging ins Wohnzimmer und wartete auf die Wirkung. Sie war schwächer, als ich gehofft hatte. Und noch etwas anderes stellte sich ein. Mein Mund wurde trocken und pelzig. Tausend Ameisen krabbelten über meine Haut. Ich bekam Durst, unbändigen Durst.

Wenn man auf einen stärkeren Gegner trifft, muß man Opfer bringen. Es hatte keinen Sinn, sich gegen die Niederlage zu wehren. Der Alkohol wollte sehen, wie ich vor ihm im Staub kroch. Also sollte er seinen Willen bekommen.

Ich nahm meinen Trenchcoat vom Haken und ging nach draußen. Kurz vor dem Hauptbahnhof gab es eine Tankstelle, die die ganze Nacht geöffnet hatte. Dort kaufte ich eine Flasche Cognac. Billiger Fusel hätte es auch getan, aber ein Rest von Selbstachtung zwang mich, dreißig Mark auf die Theke zu legen. Auf dem Rückweg rannte ich fast. Zwei Penner in einem Hauseingang glotzten gierig auf meinen ausgebeulten Mantel. Sie hatten mich als Bruder erkannt.

Meine Hände zitterten beim Eingießen. Pure, bernsteinfarbene, flüssige, bis zum Rand des Wasserglases gefüllte Schönheit. Ich kippte die Hälfte hinunter. Da klingelte es an der Wohnungstür.

Schnell versteckte ich Flasche und Glas hinter dem Sofa. Vielleicht hatte es sich Imke anders überlegt. Doch warum benutzte sie nicht ihren Hausschlüssel?

Es war Willi.

»Komm rein!« begrüßte ich ihn. »Trinkst du einen mit? Ich bin gerade dabei, mich zu besaufen.«

»Du mußt mir helfen«, sagte Willi.

»Natürlich.« Ich holte die Flasche hinter dem Sofa hervor. »Du nimmst doch einen Schluck, oder?« Ich steckte mir einen neuen Zigarillo an.

Er schaute sich mißtrauisch um. »Sag mal, du rauchst und trinkst. Ist irgendwas nicht in Ordnung?«

»Meine Familie ist weg, das ist alles.«

»Verreist?«

»Sozusagen.«

»Aber ...«

»Es sollte eine Überraschung werden. Die ist voll gelungen.«

Willi setzte sich verdattert. »Ich glaube, ich habe einen ungünstigen Moment erwischt.«

Der Cognac rann durch meine Kehle, direkt in die Blutbahn. »Es gibt keine ungünstigen Momente. Nur ungünstige Menschen in einem ungünstigen Leben.«

»Karsten hat sich vielleicht etwas angetan.«

»Willi«, sagte ich, »ich will davon nichts hören. Ich bin betrunken. Ich habe meine eigenen Probleme.«

»Du bist der einzige, der mir helfen kann.«

»Das habe ich doch schon mal gehört.«

»Zu wem soll ich sonst gehen?«

»Zur Polizei.«

»Nein. Das kann ich nicht. Bitte, Georg!«

»Also«, ich schüttete etwas Cognac nach, »was ist passiert?«

»Er meldet sich nicht mehr. Ich habe den ganzen Abend versucht, ihn zu erreichen. Ich habe sogar vor seiner Tür gestanden und geklingelt.«

»Wann hast du zuletzt mit ihm gesprochen?«

»Heute mittag. Als die dritte Forderung der Entführer eintraf. Das heißt, anschließend habe ich noch einmal mit ihm telefoniert und ihm erzählt, daß ihr auf dem Weg zu dem Bordell seid, um Nazaré zu befreien.«

»Schwachsinn«, sagte ich und wunderte mich, wie klar ich denken konnte. »Er hätte zumindest das Ergebnis unsere Aktion abgewartet, bevor er sich umbringt.«

»Ich kann es mir ja auch nicht erklären.« Willi schaute mich treuherzig an.

Ich stand schwankend auf. »Na gut, sehen wir mal nach. Hat Karsten was zu trinken im Haus? Oder müssen wir eine Flasche mitnehmen?«

Mit einiger Mühe folgte ich Willi auf den Balkon von Karstens Wohnung und schaffte es sogar, weder die Blumenkästen abzuräumen noch allzu viel Radau zu machen. Dann wickelte ich den Trenchcoat um meine rechte Hand und schlug die Glasscheibe der Balkontür ein. Falls die Polizei auftauchen sollte, hatten wir zumindest ein fadenscheiniges Argument im Ärmel, das unsere Anwesenheit erklärte, nämlich die Wahrheit.

Ich öffnete die Balkontür und ließ Willi den Vortritt.

Er zögerte.

»Du wolltest es wissen«, flüsterte ich.

»Scheiße, ich habe Angst«, flüsterte er zurück.

Ich gab ihm einen Schubs und blieb an der Tür stehen.

Das Licht flammte auf. Der Anblick, der sich uns bot, hätte das Blut in den Adern jeder Putzfrau gefrieren lassen. Jemand hatte den Inhalt der Schränke und Kommoden ohne System auf dem Boden verteilt, auf dem Tisch stand dreckiges Geschirr zwischen klebrigen Essensresten und Zigarettenasche.

»Schlafzimmer«, sagte ich mit heiserer Stimme.

Willi schritt mutig voran, und ich genehmigte mir einen Schluck aus der Campariflasche, die ich in einem Regal entdeckte. Unter dem Flaschenboden klebte eine Visitenkarte. Privatdetektive sammeln leidenschaftlich gern Visitenkarten. Mit der richtigen Visitenkarte öffnet sich jede Tür. Diese hier gehörte einem Makler aus Hohenholte. Ich steckte sie ein.

»Im Schlafzimmer sieht's ähnlich aus«, sagte Willi, als er zurückkam.

»Hast du auch in den anderen Räumen nachgesehen?«

»Ja.«

Ich setzte mich mit der Campariflasche aufs Sofa. »Was schließen wir daraus?«

»Vielleicht sind die Kidnapper hier aufgetaucht, haben die Wohnung durchsucht und Karsten mitgenommen.«

»Vielleicht«, sagte ich zweifelnd. Mein Blick fiel auf den Kassettenrecorder neben dem Telefon. »Schalt mal den Recorder ein! Ich möchte hören, was drauf ist.«

Aus dem Lautsprecher kam wortloses Knistern.

»Siehst du irgendwo die anderen Bänder?«

»Nein.« Willi triumphierte. »Das ist es. Sie haben die Aufnahmen gesucht. Sie wollten alle Spuren beseitigen.«

Ich nahm noch einen Schluck. »Als ich das letzte Mal hier war, lagen die Kassetten auf dem Recorder. Sie hätten nicht lange suchen müssen.«

»Aber was soll das Ganze? Hast du eine Erklärung?«

In meinem Gehirn war eine Menge Nebel. Und ein kleines Licht. »Möglicherweise.«

»Nun sag schon!« drängte Willi.

»Was hält Karsten eigentlich von deinen Geschäften?«

»Was hat das denn ...« Er überlegte. »Er hat es als Job betrachtet. Und er hat ihn gut gemacht.«

»Hat er moralische Bedenken geäußert?«

»Ich kann mich nicht erinnern. Worauf willst du hinaus?«

»Betrachte die Geschichte mal aus einer anderen Perspektive. Was wissen wir über die Entführung? So gut wie nichts. Ein Mann hat Nazaré vor dem Modeladen angesprochen, und derselbe oder ein anderer Kerl behauptet am Telefon, daß sie sich in seiner Gewalt befindet.«

»Du vergißt das Tonband mit ihrer Stimme.«

»Okay, der Anrufer besitzt ein Tonband mit ihrer Stimme. Jetzt rekapitulieren wir die erste Geldübergabe. Haben wir beide den Kidnapper gesehen? Nein. Karsten behauptet, daß er das Geld im Abfalleimer verstaut hat. Genauso gut kann er einfach weitergefahren sein.«

»Und der schießwütige Typ auf dem Parkplatz? Habe ich mir den eingebildet?«

»Der Parkplatz liegt keine dreihundert Meter von dieser Wohnung entfernt. Karsten war zu Hause. Innerhalb einer Viertelstunde hätte er zum Parkplatz gehen, dir das Geld abnehmen und wieder zurücklaufen können.«

»Karsten?« Willi riß die Augen auf. »Du meinst, Karsten hat auf mich geschossen?«

»Niemand hat auf dich geschossen, Willi. Der Parkplatz-Heini wollte dich erschrecken, nichts weiter.«

»Und was ist mit dem weißen Kadett, den Koslowski verfolgt hat?«

»Genau. Koslowski hat einen weißen Kadett verfolgt. Er hat nicht gesehen, daß der Typ vom Parkplatz eingestiegen ist. Ich behaupte ja nicht, daß Karsten alles alleine gemacht hat. Einen Komplizen gibt es auf jeden Fall, nämlich den, dessen Stimme wir gehört haben. Er mußte nichts weiter tun, als ein paar Mal hier anzurufen und einen weißen Kadett zu fahren. Das einzige Indiz, das ihn belastet, die Aufnahmen seiner Anrufe, ist jetzt verschwunden.«

Willi richtete seinen dicken Zeigefinger auf mich: »Du selbst hast gesagt, daß Langensiepen die Entführung zugegeben habe.«

Ich dachte nach. »Seine Worte waren: Es stimmt. Ich habe das auf die Entführung bezogen, aber er kann damit auch gemeint haben, daß du seinem Sohn das Fell über die Ohren gezogen hast.«

Willi sah aus wie Frank Bruno nach der dritten Runde gegen Mike Tyson. »Mensch, Georg, wenn das wahr ist ...«

»Es paßt jedenfalls zusammen«, sagte ich. »Die Nachricht, daß wir den *Club Herz Dame* aufmischen wollten, hat Karsten in Panik versetzt. Er fürchtete, daß wir zwangsläufig auf ihn kämen, wenn sich alle anderen Spuren als Schlag ins Wasser erweisen würden. In aller Eile hat er ein paar Sachen zusammengepackt und ist abgehauen. Die beiden wollen doch in Brasilien heiraten. Ich wette, Nazaré näht schon an ihrem Hochzeitskleid. Das nötige Kleingeld für eine rauschende Party haben sie ja jetzt.«

»Fünfhunderttausend Mark«, jammerte Willi.

»Und völlig ohne Risiko. Karsten weiß genau, daß du nicht zur Polizei gehst.«

»Mist, verdammter.« Willi trat gegen eine Plastiktüte, als wäre sie ein menschliches Weichteil.

»Wir können das ganze Zeug hier noch einmal umgraben«, schlug ich vor. »Vielleicht finden wir ja einen Hinweis.«

Eine Stunde und eine halbe Flasche Campari später entdeckte ich hinter dem Bett eine Ansichtskarte von Belém. Auf der Rückseite stand, unter einer Menge portugiesischer Worte, eine Telefonnummer.

»Ruf doch mal an!« sagte ich zu Willi. »Mein Portugiesisch ist etwas eingerostet.«

Er wählte sich den Finger wund, und dann bat er eine aufgeregte Frauenstimme auf deutsch und anschließend auf englisch darum, Nazaré an den Apparat zu holen.

»Was ist?« fragte ich.

»Keine Ahnung.«

Gemeinsam lauschten wir dem überirdischen Satellitenrauschen.

Weniger als fünf Minuten später meldete sich eine andere Frauenstimme.

»Nazaré? Bist du das?« schrie Willi.

Ein wütend klingender Wortschwall drang durch den Lautsprecher, der durch ein dramatisches Krachen beendet wurde. Willi erstarrte zum Telekom-Denkmal.

»Aufgelegt«, mutmaßte ich.

»Ich glaube, sie war's«, sagte Willi.

»Na dann, Prost!« wünschte ich mir und hob die Campariflasche.

XI

»Weißt du, was ein SLC ist?«

»Nein«, sagte ich und zeigte der Stewardeß mein leeres Champagnerfläschchen.

»Ein *Standby Letter of Credit*, so etwas Ähnliches wie eine Bankgarantie, der neueste Schrei auf den internationalen Finanzmärkten. Angeblich kursieren zur Zeit SLC-Werte in Höhe von siebenhundert bis achthundert Milliarden US-Dollar. Das SLC ist aus dem guten alten Pfand entstanden. Mußte man früher zur Absicherung eines Geschäftes reale Werte – Bargeld, Gold oder Aktien – hinterlegen, reicht heute ein SLC. Die das SLC erteilende Bank erklärt sich bereit, unter genau festgelegten Vertragsbedingungen die Risikohaftung zu übernehmen. Das Ganze läuft bilanzneutral. Ein lukratives Geschäft für die Banken, da sie Provisionen ohne Bindung von Eigenkapital kassieren können. Das gleiche gilt natürlich für denjenigen, der ein SLC in Anspruch nimmt.«

»Wie interessant«, sagte ich. Die Stewardeß tauschte ein volles Fläschchen gegen das leere und gab ein Gratislächeln dazu.

»Kein Wunder, daß es längst einen schwarzen Markt gibt. Den Anlegern wird weisgemacht, daß sie in den bankinternen Handel mit SLCs einsteigen können. Durch Roll-Programme mit bis zu vierzig Transaktionen pro Jahr sollen Renditen von fünfzig Prozent und mehr möglich sein. Und, Georg, wir reden hier nicht über Klekkerbeträge. Die Einstiegssummen für SLC-Geschäfte liegen bei zweikommafünf Millionen Dollar und höher.«

»Aha«, sagte ich.

»Du glaubst gar nicht, was sich in Zürich, Zug und Liechtenstein abspielt. Da geben sich die Herren mit den millionenschweren Aktenköfferchen die Klinke in die Hand. Und die sogenannten Treuhänder, die für ein paar tausend Schweizer Franken eine Aktiengesellschaft nach der anderen gründen, sahnen ganz anders ab als ich. In Wirklichkeit ist dieser sogenannte SLC-Handel nämlich ein gigantischer Schwindel. Denn warum sollte eine

Bank ihre Garantie zu einem Diskontpreis verkaufen? Um sich Geld zu beschaffen? Das könnte sie bei der Notenbank günstiger.«

»Eine gute Frage«, sagte ich und machte das Champagnerfläschchen, mein viertes oder fünftes, zur Hälfte nieder.

»Reich werden nicht die Anleger, sondern die, die die Geschäfte einfädeln«, fuhr Willi unbekümmert fort. »Noch vor zwanzig Jahren lebten fünfundneunzig Prozent aller Liechtensteiner von der Landwirtschaft. Heute arbeiten fast alle Untertanen des Fürsten bei Banken, Treuhändern, als Anwälte und Berater. Auf dreißigtausend Liechtensteiner Bürger kommen achtzigtausend Aktiengesellschaften, Trusts und Stiftungen. Das Liechtensteiner Bankgeheimnis gilt als das beste der Welt. Und was sagt Adam der Zweite, Fürst von und zu Liechtenstein, dazu?«

»Du wirst es mir gleich verraten«, mutmaßte ich.

»Er hat öffentlich erklärt: Nur wenn Fürst und Volk ausgetauscht werden, wird es eine Quellensteuer oder eine Steuer auf Kapitaleinkünfte in Liechtenstein geben.«

»Willi«, sagte ich, »was willst du mir eigentlich beweisen? Daß du unter all den großen Haien, die in der trüben Brühe der Abzockerteiche nach Beute suchen, nur ein flipperiger Delphin bist? Soll ich dir die Absolution erteilen? Dafür, daß du Bäcker X und Metzger Y das hart erbackene oder verwurstete Schwarzgeld abnimmst?«

Er schwieg.

»Nein, Willi, du kriegst mich nicht dazu, Beifall zu klatschen, egal, ob er seine Brötchen über oder unter dem Ladentisch verkauft, und egal, wieviel andere Betrüger in Nadelstreifen herumrennen. Ja, wenn du lauter Langensiepens ausgenommen hättest! Aber die Fieslinge sind zu clever für so etwas. Die Dummen und Naiven, die, die sich Feuerversicherungen für nicht vorhandene Häuser und doppelte Jahresabos für Fernsehzeitschriften aufschwatzen lassen, müssen, wie immer, dran glauben.«

Er lehnte sich mit geschlossenen Augen zurück. Seine linke Gesichtshälfte zuckte. »Warum bist du dann hier?

Ich meine, warum hilfst du mir, wenn du mich – verachtest?«

Das Flugzeug vibrierte. Ich riskierte einen Blick durch das Seitenfenster. Ein klarer blauer Himmel über einer Menge glitzerndem Wasser, weit unten. Ich hatte darauf bestanden, mit der Kranich-Linie zu fliegen. Das dämpfte zwar meine Flugangst, aber es beseitigte sie nicht. Das einzige, was ich tun konnte, war, sie in Alkohol zu ertränken. Und damit hatte ich schon vor dem Flug angefangen.

»Ach, Willi, Verachtung ist ein zu großes Wort für einen besoffenen Privatdetektiv. Wer so oft im Dreck gewühlt hat wie ich, steht nicht mehr mit sauberem Hemd da.«

Willi nickte mit verkniffenem Mund.

»Ich bin hier, weil du mich bezahlst. Weil ich halbfertige Sachen hasse. Weil ich schon immer mal nach Brasilien wollte. Und weil es da«, es fiel mir schwer, die richtigen Worte zu finden, »eine nostalgische Erinnerung gibt, an eine Zeit, in der wir beide auf der selben Seite der Ladentheke standen.«

»Oh Mann«, stöhnte Willi, »ich könnte dir noch ein paar Gründe nennen. Du bist im richtigen Moment aus dem Kaufhausgeschäft ausgestiegen. Und ich habe dir viel zu viel dafür bezahlt. Als du dich mit dem Geld aus dem Staub gemacht hattest, ging der Umsatz bergab. Vergiß, was ich dir neulich abends erzählt habe. Ich mußte das Kaufhaus aufgeben, weil ich pleite war, total down, völlig am Ende. Und zusätzlich zum finanziellen Debakel hat mich meine damalige Freundin verlassen. Seitdem muß ich mich alleine durchkämpfen. Du hast gut reden – mit Frau und Kind und kuscheligem Heim, in dem du deine Wunden lecken kannst.«

Auch eine geschönte Version, dachte ich.

»Dann hat mir mein Cousin angeboten, für ihn zu arbeiten. Ja, es war seine Idee. Er ist der Boß. Wie oft kriegt man die Chance, aus so einem Schlamassel wieder herauszukommen?« Willi guckte mich grimmig an. »Und jetzt macht er mir die Hölle heiß wegen der

Fünfhunderttausend, die ich verplempert habe. Deshalb muß ich das Geld zurückholen, Georg.«

Ich nahm einen Schluck Champagner. Er schmeckte fade und abestanden. Es war Willis Idee gewesen, erster Klasse zu reisen.

Ich konnte mir ein Grinsen nicht verkneifen. »Willi, Willi. Und ich frage mich die ganze Zeit, warum wir in diesem beschissenen Flugzeug sitzen. Du hast ganz schön auf die Kacke gehauen, mit deinem unermeßlichen Reichtum, dem Haus auf den Bahamas ...«

Er nickte. »Mein Cousin kassiert achtzig Prozent des Gewinns. Und das Haus auf den Bahamas hat nur vier Zimmer.«

»Von denen drei deinem Cousin gehören.«

»So in etwa«, gestand er.

Ich lachte. Willi wurde mir von Sekunde zu Sekunde sympathischer.

»Was gibt es da zu lachen?« maulte er. »Mir geht der Arsch auf Grundeis. Und du bist nicht schuldlos daran. Also reiß dich zusammen und hilf mir gefälligst! Und sauf nicht so viel! Ich möchte, daß du bei klarem Verstand bist, wenn wir Karsten aufspüren.«

Ich kicherte. »Weißt du, was das Schöne am Alkohol ist? Es wird einem nie langweilig. Und die Zeit vergeht rasend schnell. Ich habe das Gefühl, daß wir gerade noch in Karstens Wohnung waren. Und jetzt ...«

»Meine Damen und Herren«, meldete sich der Flugkapitän, »in einer Stunde erreichen wir Rio de Janeiro. Die örtliche Temperatur beträgt dreißig Grad Celsius, bei einer Luftfeuchtigkeit von neunundneunzig Prozent.«

Tatsächlich waren seit dem Wohnungseinbruch drei Tage vergangen, drei Tage voller Alkohol und Kopfschmerzen. Zum Glück hatte Imke mich in diesem Zustand nicht gesehen. Sie hätte ihre, meine Tochter vor mir gewarnt.

Zwischendurch hatte ich mich aufgerafft, eine Tüte Veilchenpastillen gekauft und den Sicherheitscheck im Spielsalon an der Hammer Straße durchgeführt. Das war meine einzige Amtshandlung gewesen, abgesehen von mehreren Telefonaten mit Sigi und den endlosen Gesprächen mit Willi, in denen er mich bekniete, ihn nach Brasilien zu begleiten. Schließlich hatte ich nachgegeben, weil ich sein Gejammer nicht mehr ertragen konnte.

Ich kicherte weiter.

Willi wischte sich den Schweiß von der Oberlippe. Er sah aufgedunsen und bleich aus. »Du machst mich krank mit deinem Gekicher.«

»Laß mich raten, was dein Cousin als nächstes vorhat: er will LCIs verkaufen?«

»SLCs«, korrigierte er mich. »Na und? Das Optionsgeschäft ist bald tot. Und ich möchte endlich mal ...«

»... richtiges Geld verdienen«, ergänzte ich prustend.

Er drehte sich um und guckte aus aus dem Fenster.

Ich winkte der Stewardeß mit dem leeren Champagnerfläschchen.

Sie nahm es mir ab und knipste ihr feines Lächeln an. »Ich glaube, mein Herr, Sie sollten nichts mehr trinken.«

»Meinen Sie?«

»Ja. Einige andere Fluggäste fühlen sich belästigt.«

Achtundfünfzig Minuten später erreichten wir Rio de Janeiro.

XII

Ipanema, Copacabana, Baia de Guanabara. Klingende Namen für eine triste Realität. Eine dichte Dunstglocke hing über der Stadt, auf den Straßen tobte ein mörderischer Verkehr, am Strand konnte man vor lauter Menschenleibern den Sand nicht mehr sehen, und von der Bucht her wehte eine giftige Brise herein.

Wir hatten für eine Nacht ein Hotelzimmer an der Avenida Atlântica gemietet, in der Zona Sul, wo die reichen Leute und die Touristen wohnen, dem schmalen Küstenstreifen zwischen Atlantikküste und den granitenen Höckerbergen. Von unserem Fenster aus konnte man auf die Praia Copacabana schauen, die Schokoladenseite der Stadt. Aber vermutlich entstanden die Postkartenansichten morgens zwischen sechs und sieben, und die dicken schwarzen Frauen, die der Meeresgöttin Yemanja opferten, sowie die joggenden Carioca-Schönheiten wurden von einer Model-Agentur herbeigeschafft.

Jetzt, am frühen Nachmittag, lagen die schweiß- und ölglänzenden Körper dicht nebeneinander, und vor dem Hoteleingang lungerten Kinderbanden und Prostituierte herum, begutachtet von dickbäuchigen Männern in Gummilatschen, die auf der Suche nach den Lolitas dieser Welt schon weit herumgekommen waren.

Willi und ich hatten Frieden geschlossen, das heißt, wir vermieden weitere Gespräche über seine Geschäfte. Mit dem Absinken des Alkoholspiegels im Blut schwand auch die Schärfe meines moralischen Urteils. Sollte er doch betrügen, wen er wollte, solange er meine Rechnungen pünktlich bezahlte.

Rio war nur eine Zwischenstation. Am nächsten Morgen wollten wir weiterfliegen nach Belém, denn dort, in der Nähe der Amazonasstadt, lebte Nazarés Familie. Und mittlerweile auch sie selbst, wie wir annahmen.

Willi wurde von der Unruhe langjähriger Junggesellen gepackt, es trieb ihn hinaus in den Gestank und die stechende Sonne, in der Hoffnung, etwas zu erleben, das im Schatten des münsterschen Domes als unanständig galt.

Ich zog es vor, ein Nickerchen einzulegen und meinen Rausch auszuschlafen. Mein Bedürfnis nach Abenteuern würde auch die Hotelbar befriedigen können.

Als ich aufwachte, fühlte ich mich tatsächlich erholter, wenngleich ein wenig durstig. Ich inspizierte die zimmereigene Mini-Bar und nahm einen kleinen Muntermacher. Dann stellte ich mich unter die Dusche.

Kurz darauf kam Willi zurück. Trotz durchgeschwitztem T-Shirt und Sonnenbrand äußerte er sich begeistert über die vielen barbusigen Frauen, die er begutachtet hatte.

»Du mußt unbedingt mitkommen«, verkündete er.

»Laß uns warten, bis die Sonne untergegangen ist«, schlug ich vor. »Im Dunkeln sehen die meisten Menschen noch besser aus. Außerdem würde es dir nicht schaden, wenn du mal duschst und dir was Trockenes anziehst. Ich warte an der Hotelbar auf dich.«

Die Hotelbar war ein klimatisiertes Feuchtbiotop für deutsche Männer zwischen vierzig und sechzig. Einige hatten ihre Stranderwerbungen mitgebracht, schlanke, spärlich bekleidete Mulattinnen, mit denen sie gestenreiche und wortkarge Unterhaltungen führten. Die anderen kippten deutsches Bier und redeten über die Bundesliga. Wo ich auch hinkam in der Welt, es war stets ein deutscher Tourist vor mir da.

Als Tribut an die Landessitten bestellte ich eine Caipirinha.

»Schon lange hier?« fragte mein Hockernachbar, einer aus der Garde der Dickbäuchigen, ausgestattet mit knapp sitzenden Shorts, die seine Krampfaderbeine gut zur Geltung brachten.

Ich schüttelte den Kopf. »Gerade angekommen.«

»Wenn ich Ihnen einen Rat geben darf«, redete er ungebeten weiter. »Seien Sie vorsichtig!«

»Ich trinke immer nur an Orten, wo die Gläser sauber sind.«

»Quatsch. Das meine ich doch nicht. Ich rede von den Frauen. Die Brasilianerinnen sind wunderschön, aber gefährlich.« Er zog eine Schnute, die seine Kennerschaft dokumentieren sollte. »Erst gestern mußte unsere Reiseleiterin einen aus unserer Gruppe von der Polizeiwache holen. Er saß im Stundenhotel fest, ohne Geld, Uhr und Papiere. Der hat vielleicht belämmert geguckt.«

»Klar«, sagte ich. »Wer mit Murmeln spielt, sollte seinen Sack nicht offen rumliegen lassen.« Ich signalisierte dem Barmann, daß ich eine zweite Caipirinha wünschte. Rein cocktailmäßig gesehen, war Rio de Janeiro gar nicht so übel.

»Vor allem«, die Krampfadern rutschten näher, und ihr Träger dämpfte verschwörerisch die Stimme, »die Er-Sies haben es in sich. Wissen Sie, diese Typen, die aussehen wie Frauen. Spritzen sich weibliche Hormone und lassen sich Silikon-Brüste einsetzen.«

»Transsexuelle«, half ich ihm auf die Sprünge.

»Ja, ja, so nennen die sich. Sehen wirklich fast genauso aus wie Frauen. Und quatschen die männlichen Touristen an. Wollen dir einen blasen und so. Aber wehe, du faßt ihnen zwischen die Beine. Dann flippen die manchmal aus. Haben eine panische Angst davor, als Mann erkannt zu werden. Wirklich. Ich meine, ist ja auch irgendwie berechtigt. Da denkst du, du gehst mit einer Frau ins Bett, und dann ist es ein Mann. Deshalb haben die immer ein Messer dabei. Und wenn du nicht aufpaßt, schieben sie es dir zwischen die Rippen.«

»Danke für den Tip«, sagte ich und widmete mich der zweiten Caipirinha.

»Obwohl«, er schaute verträumt auf den gemalten Zuckerhut an der Wand, »die wirklich verdammt gut aussehen. Da kann man echt schwach werden. Die knackigen Körper, weichen Gesichter, hohen Stimmen …«

Zu meinem Glück kam Willi vorbei.

»Laß uns gehen«, sagte ich. »Mir ist danach, mich in das zu stürzen, was in den Reiseprospekten das Leben genannt wird.«

»Na endlich«, frohlockte Willi, »ich dachte schon, du wolltest am Tresen kleben bleiben.«

Wir gingen durch die Luftschleuse und bekamen einen Schlag mit dem feuchtheißen Schwamm, den sie in Rio Luft nannten.

»Der Tresen ist gar nicht so schlecht, aber das menschliche Inventar müßte mal erneuert werden.«

Nachdem wir den ersten Kordon von Prostituierten durchbrochen hatten, bummelten wir relativ unbehelligt durch das Viertel. Ich erinnerte mich an einen Zeitungsartikel, den ich über Rio gelesen hatte. Zwei israelische Verkehrspolizistinnen, die zu Besuch waren, wurden darin mit der Äußerung zitiert, in Israel sei ein Krieg ein Krieg und Verkehr sei Verkehr, aber eine Stadt wie Rio, wo der Verkehr ein Krieg sei, hätten sie noch nie erlebt.

Über die Avenida Nossa Senhora de Copacabana quälte sich ein Bus nach dem anderen, und dazwischen, davor und dahinter wurde um jeden Meter Raumgewinn gekämpft. Die Cariocas, die über die Bürgersteige flanierten, störte der tosende Verkehr wenig. Sie schwatzten, lachten, sangen und umarmten sich ständig, als sei das urbane Chaos ein großes Fest. Durch die weit geöffneten Türen der Bars drang laute Musik, ebenso wie aus den allgegenwärtigen *academias*, den Fitneßstudios, in denen sich Menschen jedweden Alters und Geschlechts, von knappen Plastiktextilien mehr ent- als bekleidet, für den Strandtest trimmten.

In einer Bar löffelten wir kalte Bohnensuppe aus dem Glas und tranken dazu die eine oder andere Caipirinha. Dann zog es Willi zurück zur sündigen Strandmeile.

Die Uferstraße bot für jeden Geschmack etwas, von picknickenden Familien über barbusige Transsexuelle, schachspielende alte Männer und an ihren Booten pinselnde Fischer bis zu blondierten Surfern und dem Schwulentreff. Willis Vorliebe galt mehr den einsamen *mulatas*, und so landeten wir, als die Sonne längst untergegangen war, in einer etwas heruntergekommenen Passage mit einem Dutzend Kneipen und Diskotheken. Ein bevorzugter Treffpunkt für Stricher und Freier, Touristen und Huren, die hier ihre speziellen Dienstleistungen verkauften und kauften. Ich wußte nicht so recht, weshalb ich eigentlich hier war. Ich hatte schon zu viel getrunken. Oder zu wenig, um das professionelle Gestöhn der Huren für echt zu halten.

Willi wurde ganz aufgeregt, und als ich gerade dabei war, zwei frische Caipirinhas zu ordern, nutzte er die Gelegenheit, um mit einer cremefarbenen Laszivität handelseinig zu werden. Mir blieb noch Zeit, einen Toast auszusprechen, ich wünschte ihm viel Glück und haltbares Latex, dann war er auch schon verschwunden. Als Trostpreis hatte ich sein Glas gewonnen, das ersparte mir für eine Viertelstunde das Gedränge an der Theke.

Über das, was danach kam, breitete sich der Mantel der Gedächtnisschwäche. Ich konnte nicht sagen, wie lange ich gewartet, wieviel Angebote ich abgewimmelt und welche Lücken in die Rumvorräte des Wirtes ich geschlagen hatte, ich wußte nur, daß es von allen dreien zu viel war. Ich wollte nach Hause, ins Bett, die Frage war nur, in welcher Himmelsrichtung es stand.

Zuerst kämpfte ich mich alleine voran, durch die unbarmherzigen, gewalttätigen Schluchten Rios. Dann hatte ich eine fürsorgende Begleiterin. Es war eine große Frau mit kräftigen Händen. Wie ein Leuchtspurgeschoß blitzte der Gedanke durch mein verdüstertes Gehirn, daß es eine von den Er-Sies sein könnte, wie mein Krampfaderfreund sie nannte.

Sie, oder er, überredete mich in einer Sprache, die ich nicht verstand, zu einer neuerlichen Einkehr. Die Kneipe, in die wir kamen, war das Schummrigste, was ich bis dahin gesehen hatte. Selbst der *Club Herz Dame* wirkte im Vergleich mit diesem finsteren Loch wie eine Leuchtreklame. Schemenhafte Gestalten tauchten aus dem Dunkel auf und verschwanden ebenso geräuschvoll, wie sie gekommen waren. Ich fühlte mich unwohl, aber ich hatte nicht mehr die Kraft und die Übersicht, mein Schicksal in die eigene Hand zu nehmen. Meine Begleiterin kümmerte sich um alles, und ich nahm und trank, was sie mir in die Finger drückte. Das Gesöff schmeckte bitter, und fünf oder sechs Sekunden später ging auch die Notbeleuchtung in meinem Gehirn aus.

An der Copacabana kann man lange auf den Sonnenaufgang warten. Die Sonne geht nämlich auf der anderen Seite von Rio, über den *favelas* der Zona Norte auf. Ich erwachte erst, als sie schon ziemlich hoch am Himmel stand. Meine Beine juckten, und um mich herum hockte eine Horde von kichernden Kindern. Der Grund für ihre Belustigung war unschwer zu erraten. Bis auf eine Unterhose und ein T-Shirt war mir nichts geblieben. Irgendwer hatte mich in der Nacht am Strand abgekippt.

Ich rappelte mich hoch und strebte unserem Hotel entgegen. Es war nicht allzu weit entfernt, ich mußte gerade mal an tausend lachenden Gesichtern vorbei.

Und wie der Zufall einem mitspielt, stand mein Krampfaderkumpel im Weg, als ich durch das Hotelfoyer rannte.

»Sehen Sie! Das habe ich gemeint«, schrie er mir nach.

Ich ignorierte ihn und sprang in den Aufzug.

»Ich war drauf und dran, zur Polizei zu gehen«, begrüßte mich Willi.

»Schön, daß du den Gedanken erwogen hast«, fauchte ich zurück. »Ich hätte ja längst tot und verscharrt sein können.«

»He! Was kann ich dafür, daß du dich so vollaufen läßt.« Er stemmte seine Fäuste in die breiten Hüften. »Und jetzt beeil dich! In zwei Stunden geht unser Flieger.«

»Zuerst muß ich mich eincremen«, widersprach ich.

»Eincremen? Und wer hat deine Beine so verkratzt?«

»Ich selbst«, klärte ich ihn auf. »Wie du dich vielleicht erinnerst, leide ich unter Neurodermitis.«

»Alkoholismus. Neurodermitis. Ich glaube, du willst dich bei den Frauen interessant machen.«

»Du hast vollkommen recht«, rief ich aus dem Badezimmer. »Und wenn sie ganz hartgesotten sind, erzähle ich ihnen von meinen Depressionen.«

XIII

Das Flugzeug sah aus, als hätte es Pelé zur Fußballweltmeisterschaft von 1958 geflogen. Überall klapperte, schepperte und röchelte es in der engen Kabine, und ein einziger Blick auf den spuckenden und qualmenden Motor unter dem rechten Tragflügel reichte, um mein Herz im Zickzack springen zu lassen. Fast hätte ich mir vor Angst in die Hose gemacht. Allein der Gedanke, daß es meine letzte war, hielt mich davon ab.

Statt Alkohol verteilte die Stewardeß Bonbons, einige davon wenigstens mit Rumgeschmack.

Als ich Puls und Blutdruck wieder einigermaßen kontrollieren konnte, erzählte ich Willi von meinen nächtlichen Erlebnissen.

»Die hat dir K. O.-Tropfen ins Glas geschüttet«, kombinierte er messerscharf.

»Keine schlechte Idee, Watson«, stimmte ich zu. »Zieht man in Betracht, daß ich normalerweise nicht im Stehen einschlafe.«

Glücklicherweise hatte ich meine Papiere im Hotelsafe hinterlegt, und für die Spesen kam ohnehin Willi auf.

»Du warst ganz schön unvorsichtig«, tadelte er mich.

»Du hast mich zu lange warten lassen«, widersprach ich.

»Oh, sie war wundervoll.« Seine Augen leuchteten wie die eines Gymnasiasten, der zum ersten Mal ein Bravo-Nackt-Poster in Händen hält. »Die hatte Sachen drauf, das glaubst du gar nicht.«

Ich bat ihn, mir die Details zu ersparen.

Einige Stunden später ging der Pilot zu einer Art Sturzflug über. Ich mußte doch noch zu der Plastiktüte greifen, die ich vorsorglich mitgenommen hatte. Wider Erwarten handelte es sich jedoch nicht um ein Notmanöver aufgrund von Maschinenschaden oder Treibstoffmangel, sondern um einen ganz normalen Landeanflug.

Mit wackligen Beinen kletterte ich aus dem Schrotthaufen.

Es regnete in Belém, und dieser Vorgang ähnelte in nichts dem feinen Nieselregen, der für gewöhnlich auf Münster niedergeht. Ein tropischer Regenschauer gleicht mehr dem Gefühl, das man unter einer voll aufgedrehten Dusche hat. Die wenigen Meter, die wir bis zum wartenden Flughafenbus rennen mußten, reichten, um uns bis auf die Haut zu durchnässen.

Zehn Minuten später brannte wieder die Sonne vom Himmel.

»Das ist hier jeden Mittag so«, erklärte uns ein holländischer Tourist. Er trug einen Rucksack und die demonstrative Gelassenheit des erfahrenen Globetrotters.

Willi und ich suchten uns ein Taxi und verhandelten mit dem Fahrer über die Kosten einer Fahrt nach Pontal de Santo Antonio. Schließlich einigten wir uns auf einen Preis, der höchstens das Zehnfache des Tarifs für Einheimische betrug. Freudig schüttelte der Fahrer unsere

Hände und verlangte ultimativ, daß wir ihn Carlos nennen sollten.

Da Carlos seinen Wochenverdienst gesichert glaubte, zeigte er uns gratis ein paar Sehenswürdigkeiten von Belém. Einen rosafarbenen Kitschbau – er nannte ihn *Teatro* – aus der Zeit, als man sich mit Kautschuk noch eine goldene Nase verdienen konnte, ein altes Fort, vermutlich in jenen noch früheren Tagen errichtet, in denen die Europäer Südamerika für einen zu groß geratenen Juwelierladen hielten, und die mit vier spitzen Ecktürmchen bewehrte Markthalle am Hafen. Auf dem Platz davor entsorgte ein Schwarm Geier gerade die Reste des morgendlichen Markttreibens.

Die Prunkbauten interessierten mich relativ wenig. Viel reizvoller schienen mir die kleinen, schnuckeligen Bars, die überall am Straßenrand um Kundschaft buhlten. Seit gestern abend hatte ich keinen Schluck mehr getrunken. Ich bat Carlos anzuhalten.

Willi bekam eine hohe Stimme: »Du hast versprochen, nicht mehr zu trinken.«

»Ich will mich ja nicht *be*trinken. Ich brauche nur einen Nervenberuhigungstrunk.«

Dann verließen wir Belém auf einer vierspurigen Straße. Große Plakatwände warben für Deos und Zigaretten, wenn sie nicht von den giftigen schwarzen Abgaswolken der riesiger Holzlaster verdeckt wurden. Nur die gelegentlich am Straßenrand wartenden Geier erinnerten uns daran, daß wir uns nicht auf irgendeiner Autobahn in Europa befanden.

Nach etwa einer Stunde bog Carlos von der Schnellstraße ab. Die Landschaft wurde waldiger und wiesiger. Weidendes Vieh und Sägewerke säumten die Straßen, Holzhäuser hockten auf Stelzen, verkohlte Baumleichen reckten traurig ihre Stümpfe in die Luft.

Schließlich näherten wir uns wieder der Küste. Der Geruch von Meer mischte sich in die Luft, wir fuhren durch armselige Dörfer und Palmenwälder. Und endlich hielt Carlos auf dem Marktplatz einer ausgestorben wirkenden Kleinstadt.

»Pontal de Santo Antonio«, verkündete er mit einem spöttischen Grinsen. Er hatte ja recht. Es war ein Scheißkaff. Hier war der Hund begraben. Und hoffentlich nicht bald auch wir.

Durch die glühende Nachmittagssonne stapften Willi und ich zu dem ersten, besten und einzigen Hotel am Platze. Wir bekamen ein Zimmer, und es enthielt alles, was ein Hotelzimmer braucht: zwei Hängematten und zwei Stühle. Am Ende des Flures gab es sogar eine Dusche, doch wegen der zahlreich kreuchenden Fauna empfahl es sich, dieselbe nur mit Gummistiefeln zu betreten.

Nachdem wir unser Gepäck abgelegt hatten, machten wir uns auf die Suche nach dem Haus der Familie da Silva, das heißt, vorher kehrten wir noch in einer Drogerie ein, die gleichzeitig als Tabakladen und Bar diente, und nahmen einen weiteren Nervenberuhiger.

Jetzt, so nahe am Ziel, wuchsen bei mir die Zweifel. »Was willst du eigentlich machen«, fragte ich Willi, »wenn wir Nazaré treffen, oder Karsten? Glaubst du, die beiden rücken die fünfhunderttausend freiwillig heraus? Ist dir klar, daß wir null Rückendeckung haben? Kein Hahn kräht danach, wenn wir uns morgen den geschändeten Regenwald von unten angucken.«

Willi drückte seinen Wurstfinger gegen meine Brust. »Es war deine Idee, Georg. Wenn du den Schwanz einziehen und dich im Hotelzimmer verkriechen willst, bitte! Ich werde hingehen. Ich bin nicht um den halben Globus geflogen, um kurz vor dem Ziel aufzugeben.« Sein linkes Auge zuckte heftiger denn je. »Das Geld ist sowieso nicht hier. Das liegt auf einem Nummernkonto in der Schweiz oder in Liechtenstein. Aber ich will endlich Klarheit. Dann wird sich alles weitere regeln.«

»Und wie?«

»Mein Cousin hat Verbindungen. Und Karsten kann sich nicht ewig verstecken. Sobald er seine Nase in Europa sehen läßt, haben wir ihn am Wickel.«

»Neigt dein Cousin zu Gewalttätigkeiten?« fragte ich mit einem klammen Gefühl in der Bauchgegend.

»Zu deiner Beruhigung, Georg: ich werde Karsten einen Deal vorschlagen. Er darf fünfzigtausend behalten, wenn er den Rest brav abliefert. Das müßte für die Hochzeit und ein paar Monate Urlaub reichen. So, wie ich Karsten kenne, wird er darauf eingehen.«

»Okay«, sagte ich und warf einen Abschiedsblick auf die Flaschengalerie hinter der Theke, »dann mal los.«

Über eine staubige Straße gelangten wir hinunter zum Hafen, wo die Fischer in der Abenddämmerung mal wieder ihre Netze flickten.

Der Name da Silva löste eine allgemeine Heiterkeit aus. Nickend und kichernd zeigten die Fischer in die Richtung der kleinen Kirche.

»Verstehst du das?« fragte Willi.

»Nein, aber ich schätze, wir werden es bald herausfinden.«

Alle, die wir unterwegs fragten, reagierten ähnlich. Kinder lachten, Erwachsene schmunzelten, während sie uns weiterwiesen. Es sah beinahe so aus, als hätte die Bevölkerung von Pontal auf uns gewartet.

Je näher wir dem Haus der da Silvas kamen, desto voller wurde die Straße. Menschen in gebügelter, schneeweißer Festtagskleidung palaverten in Grüppchen, irgendwo klingelte ein Glöckchen, unterbrochen von rhythmischem Trommelwirbel.

»Ein Fest«, sagte ich. »Wenn du mich fragst, kommen wir gerade rechtzeitig zur Hochzeit.«

Der Ort des Geschehens war nicht zu übersehen: ein großes, hell erleuchtetes Haus mit weit geöffneten Türen. Im Hof tollten Kinder herum, und es roch intensiv nach Weihrauch.

Unbehelligt schritten wir bis zum Eingang. Von dort aus bot sich uns ein erstaunlicher Anblick: rund hundert Menschen saßen auf Holzbänken und Stühlen, die Frauen auf der einen, die Männer auf der anderen Seite. Der Boden war bedeckt mit Laub, und an der Stirnseite befand sich eine Art Thron, direkt neben der trommelnden Rhythmusgruppe.

Weiter kamen wir allerdings nicht, denn eine Platzanweiserin forderte uns freundlich auf, zur Männerseite zu gehen und uns zu setzen. Direkt neben den holländischen Rucksacktouristen vom Flughafen in Belém.

Er schien sich über unser Erscheinen nicht zu freuen. »Ihr habt also auch davon gehört?«

»Wovon?« erkundigte ich mich.

Seine Augen weiteten sich. »Von dem *Candomblé*, natürlich.«

»Nein, wir sind zufällig hier.«

»Willst du mich verarschen?«

»Wir sind auf der Suche nach der Familie da Silva. Und die Leute haben uns hierher geschickt.«

Er schüttelte den Kopf. »Das ist ein absoluter Geheimtip. Ich bin extra aus Sao Luis rübergeflogen, als ich davon gehört habe. Ich schreibe nämlich ein Buch über den *Candomblé*. In jeder Region Brasiliens wird er etwas anders gefeiert, weißt du.«

»Aber das hier ist das Haus der da Silvas?« vergewisserte ich mich.

»Na klar. Die alte da Silva ist doch die *mae de Santo*.« Er zeigte auf eine alte Frau in einem Rüschenkleid, die mit der Würde einer Päpstin auf dem Thron Platz nahm. »Gleich beginnt das Fest.«

»Was sagt er?« wollte Willi wissen.

»Wir sind nicht auf einer Hochzeit, sondern bei einem Voodoo-Spektakel«, klärte ich ihn auf.

»*Candomblé* hat nichts mit Voodoo zu tun«, mischte sich der Holländer empört ein. »Mal abgesehen von den afrikanischen Wurzeln.«

Die *mae de Santo* bimmelte mit den Glocken, die sie in der Hand hielt. Im Saal wurde es etwas stiller.

»Und was genau ist *Candomblé*?« fragte ich den Holländer mit gedämpfter Stimme.

»Das läßt sich nicht so schnell erklären.«

»Gib mir die Touristen-Fassung!« bat ich.

»Nun, ursprünglich war es eine afrikanische Religion, die die Yoruba als Sklaven mit nach Brasilien gebracht haben. Nach der Christianisierung hat man den afrikanischen Göttern, den Orixas, christliche Heilige zugeordnet. So wird zum Beispiel Oxossi mit dem heiligen Georg oder dem heiligen Sebastian assoziiert. Aber das ist heute nicht mehr so wichtig. *Candomblé* ist Ausdruck des gewachsenen schwarzen Selbstbewußtsein. Von Bahia aus breitet er sich in ganz Brasilien aus.«

Die *mae de Santo* klingelte erneut.

»Gleich kommen die *filhas de Santo*, die Heiligentöchter«, flüsterte der Holländer. »Während der Trance verwandeln sie sich in Orixas.«

»Was soll der Quatsch?« brummte Willi. »Laß uns hier abhauen!«

Die *mae de Santo* läutete zum dritten Mal. Die Gespräche erstarben, und alle Augen richteten sich erwartungsvoll auf die Priesterin. Unterdessen war die Trommler-Combo zu einem lauten, eintönigen Rhythmus übergegangen. Plötzlich flog eine Tür hinter der *mae* auf, und eine Horde Mädchen, allesamt barfuß und in bauschigen weißen Spitzenkleidern, tanzte herein. Auf dem Kopf trugen sie zu Turbanen gewickelte Tücher.

Die *filhas de Santo* legten einen ziemlich profanen Kreistanz hin. Hier und da winkten sie einem Gast zu, ansonsten schwenkten sie munter die Arme und Beine.

»Ist das alles?« raunzte Willi.

Doch da begann auch schon die erste *filha* zu zittern. Eine Helferin stützte sie und tupfte ihr den Schweiß von der Stirn. Das Mädchen fing sich wieder und tanzte weiter. Da knickte die zweite ein und rollte sich auf dem Boden. Nach und nach gerieten alle Heiligentöchter in Trance. Helferinnen sorgten dafür, daß sich die Mädchen nicht verletzten, oder redeten ihnen zu, wenn die Trance zu heftig wurde. Nach der Phase der Zuckungen und Krämpfe, begleitet von vogelähnlichem Gekreische, fielen die Mädchen in eine Art Bewußtlosigkeit. Dann schulterten die Helferinnen die schlaffen Körper und trugen sie in den Nebenraum.

Mittendrin in dem ganzen Chaos, während die *filhas* zuckten und kreischten und die inzwischen schweißüberströmten Trommler ihr Letztes gaben, rummste es neben mir. Der Stuhl, auf dem Willi gesessen hatte, war umgefallen, und Willi stakste, von Krämpfen geschüttelt, auf die Tanzfläche. Es sah aus wie einer der legendären spastischen Bühnenauftritte des guten alten Joe Cocker.

Sofort gab die *mae de Santo* ein paar Anweisungen, und vier junge Männer schleppten meinen sich sträubenden Kumpel nach draußen.

»Das passiert manchmal«, sagte der Holländer. »Vor allem, wenn man zum ersten Mal bei einem *Candomblé* dabei ist. Aber keine Sorge. In einer halben Stunde geht's ihm wieder gut.«

Trotzdem ging ich hinter der Gruppe her, um nach Willi zu schauen. Er hatte sich mittlerweile beruhigt und lag auf einer Bastmatte, gepflegt von zwei freundlichen alten Damen, die seinen Kopf mit nassen Tüchern abrieben.

Als er mich sah, fragte er mit schwacher Stimme: »Was ist passiert? Ich kann mich an nichts erinnern.«

»Irgendein afrikanischer Gott ist in dich gefahren.«

»Oh Mann, ich bin vollkommen fertig.«

Da ich Willi in guten Händen wähnte, verfolgte ich weiter die Show. Die *filhas* waren inzwischen alle in Trance gefallen und hatten auf den Rücken ihrer Helferinnen den Festsaal verlassen.

»Gleich kommen sie als Orixas zurück«, verriet der holländische Experte. »Zuerst der streitbare Ogum, der Gott des Krieges.«

Ogum hatte sich ein zierliches, schlankes Mädchen ausgesucht, das, ganz in Dunkelblau gekleidet, wütend aufstampfte und mit einem Schwert in der Luft herumfuchtelte. Singend begrüßte die *mae* die Gottheiten, auch die Trommler hatten für jeden Orixa einen eigenen Rhythmus. Nach Ogum kam die Meeresgöttin Yemanja mit kreisenden Hüften, die eitle, mit Dolch und Spiegel bewaffnete Oxum, der von Kopf bis Fuß in Stroh gehüllte Omulu, der Gott der Pest und Epidemien, und eine Reihe von weiteren Wald- und Wiesengöttern.

Irgendwann hatten sich die Götter ausgetobt, Teller mit salzigem Gebäck, Reis und Bohnen wurden gereicht, und die gespannte Aufmerksamkeit im Saal wich einer ausgelassenen Familienfeststimmung.

Ich machte mich auf die Suche nach einem Mitglied der Familie da Silva mit Englisch- oder Französischkenntnissen. Die *mae* verstand mich nicht, aber ihre Enkelin. Ich hätte sie fast nicht wiedererkannt. Sie trug jetzt Jeans und ein weißes, bedrucktes T-Shirt. Der wutschnaubende Ogum hatte keine Spuren bei ihr hinterlassen. Sie war ein lachendes, freundliches Mädchen, das mich anstrahlte und auf Englisch sagte: »Ja, Nazaré ist meine Schwester. Aber sie ist nicht hier. Sie ist in Deutschland.«

»Und es geht ihr gut?«

»Ja, ich denke schon.«

»Wann hast du zuletzt mit ihr gesprochen?«

»Vor ein paar Tagen.« Sie kräuselte ihre niedliche Nase. »Seid ihr wegen Nazaré nach Pontal gekommen?«

»Mein Freund ...«, ich zeigte zum Hof, wo ich Willi immer noch bastmattenlägerig wähnte.

Sie lachte. »Ein Orixa war wohl böse auf ihn.«

»Ja. Jedenfalls, wir beide machen gerade Urlaub in Brasilien. Und da wir von Nazarés bevorstehender Hochzeit gehört haben, dachten wir, wir schauen mal kurz vorbei.«

»Hochzeit?« Sie wurde mißtrauisch. »Ihr seid keine Freunde von Nazaré.«

»Doch. Ich meine, mehr von Karsten, Karsten Eichinger.«

Sie strich sich eine wundervolle Locke aus der Stirn. »Und als Freunde wißt ihr nicht, daß Nazaré und Karsten längst verheiratet sind?«

Ich sammelte Willi auf und schleppte ihn durch die nachtdunklen Straßen von Pontal.

»Dann war ja alles umsonst«, jammerte er.

»Nicht ganz. Wir wissen jetzt, daß Herr und Frau Eichinger irgendwo in Deutschland leben. Fragt sich nur: wo?«

XIV

Der Flughafen Münster-Osnabrück liegt weder in Münster und schon gar nicht in Osnabrück, sondern in oder bei Greven. Und weil die Grevener bei der Namensnennung so schnöde übergangen worden sind, wollen viele von ihnen den Flughafen am liebsten wieder abschaffen.

Dabei sah er aus der Luft eher wie ein Spielzeug-Flughafen aus. Eine winzige Landebahn neben einem schuhkartongroßen Terminal. Ich war seit zwei Tagen trocken, und deshalb stand mir der kalte Angstschweiß auf der Stirn, als der Pilot den für mein Verständnis wahnwitzigen Versuch unternahm, auf der lächerlich kurzen Piste zu landen. Kaum zu glauben, daß von hier aus die Ballermann-Bomber nach Mallorca abgingen. Ich gelobte, in Zukunft die Worte meiner Oberbürgermeisterin zu beachten, die ihren Mitbürgern ans Herz gelegt hatte, den Urlaub lieber in den Baumbergen oder im Sauerland zu verbringen.

Am Ende krallte ich mich mit geschlossenen Augen in den Armlehnen fest und holte erst wieder Luft, als Willi sagte: »Wir sind gelandet.«

Wir rafften unser Handgepäck zusammen und schlenderten zu der Miniatur-Ankunftshalle hinüber. Hier gab es sogar, für den Notfall, einen Zollschalter. Und heute warteten vier Polizisten auf die Fluggäste. Auf wen sie warteten, war unschwer zu erraten, denn ein magengesichtiger Hauptkommissar Stürzenbecher plauderte im Hintergrund mit einem zweiten Zivilbullen, der sich seine elegante Kleidung und den herablassend arroganten Gesichtsausdruck bei einer der amerikanischen Krimi-Serien abgeguckt haben mußte.

»Hast du einen guten Anwalt?« fragte ich Willi.

Er wurde blaß.

»Und halt bloß die Klappe! Kein Wort über deine Geschäfte oder die Erpressung. Sonst haben sie dich am Wickel.«

Und dann sagte auch schon eine grüngekleidete Stimme: »Herr Wilhelm Feldmann?«

Willi nickte stumm.

»Sie sind verhaftet.«

Mich ließen sie durch. Genau genommen hatte ich auch nichts verbrochen. Aber manchmal wundert man sich trotzdem, wenn sich die Polizei streng rechtsstaatlich verhält.

Willi bekam eiserne Manschetten verpaßt, und der alerte, geschniegelte Zivilbulle richtete ein paar herablassende Worte an ihn. Dann verließ die Korona das Flughafengebäude.

Stürzenbecher hatte bei der Verhaftung eine ähnliche Rolle gespielt wie ich, nämlich die eines Zuschauers. Zwanglos gesellte ich mich zu ihm.

»Hallo, Wilsberg!« begrüßte er mich aufgeräumt.

»Seit wann läßt du andere die Arbeit machen?« fragte ich.

»Du meinst Oberkommissar Schmierer vom OK-Dezernat? Er ist zuständig. Ich leiste nur ein bißchen Amtshilfe. Das großangelegte Betrugssystem, das dein Freund Feldmann aufgebaut hat, fällt in den Bereich der Organisierten Kriminalität. Ich greife wieder ein, wenn eine Leiche anfällt. Aber bislang konnte ich keine entdecken.«

Ich kombinierte, daß jemand die Katze aus dem Sack gelassen hatte.

Stürzenbecher grinste. »Max von Liebstock-Blumenberg. Er hat uns alles erzählt, was er wußte.«

»Was habt ihr ihm gegeben? Eine Spritze mit Wahrheitsserum?«

»War gar nicht nötig. Ich habe eine freundliche, ältere Kollegin hingeschickt, die ihm die Tränen abgewischt hat.«

»Herzlichen Glückwunsch«, sagte ich sarkastisch.

»Danke, danke. Den schwierigeren Teil der Arbeit haben sowieso die OK-Leute erledigt. Ohne eine Betrugsanzeige hätten sie nämlich nichts machen können. Es war verdammt kompliziert, jemanden zu finden, der vor sich selbst und dem Finanzamt zugeben wollte, daß er übers Ohr gehauen worden ist. Schließlich sind sie bei einem Rentner fündig geworden. Feldmann hat ihn um fünfzigtausend erleichtert. Dann brach alles wie ein Kartenhaus zusammen. Die Mitarbeiter von Feldmann legten Geständnisse ab. Das FBI wurde um Mithilfe gebeten und deckte den Schwindel auf, den ein Cousin von Feldmann in den USA betrieben hat. Weißt du eigentlich, wie der Dreh funktionierte?«

Ich lächelte. »Du erwartest doch nicht ernsthaft, daß ich dazu etwas sage?«

»Nein. Ich wundere mich nur, welche Arschlöcher zu deinem Freundeskreis gehören. Die Sache ist so mies und billig, daß man sie kaum glaubt. Der angebliche Ankauf von Optionen hat nie stattgefunden. Feldmanns Cousin hat mit einer Druckerei zusammengearbeitet. Dort wurden die schönen, bunten, vollkommen wertlosen Zertifikate gedruckt. Der Chicagoer Poststempel reichte, um die armen Schweine, die Feldmann ihr Geld gegeben haben, in Sicherheit zu wiegen. Das heißt, so arm waren sie nun auch wieder nicht. Und leid tun sie mir überhaupt nicht.«

»Das magst du so sehen«, sagte ich. »Aber ich kann das unmöglich kommentieren.«

Wir lachten. Stürzenbecher erbot sich, mich nach Hause zu bringen. Draußen schien die Sonne durch sämtliche Ozonlöcher.

»Wie war es in Brasilien?« fragte der Hauptkommissar, als wir uns auf dem Schiffahrter Damm der westfälischen Metropole näherten. »Habt ihr Nazaré da Silva gefunden?«

»Nein.«

»Dann ist sie also in Deutschland?«

»Schon möglich.«

Zu Hause hatte sich nicht viel verändert. Es war ein bißchen staubiger geworden, einige Fensterbankblumen ließen infolge der mehrtägigen Dürrekatastrophe die Köpfe hängen, und der Käse im Kühlschrank hatte Schimmel angesetzt. Aber sonst war alles wie vor meiner Abreise. Nicht einmal der Anrufbeantworter hatte ein Wort für mich übrig. Ich kam mir vor, als wäre ich in eine fremde Wohnung eingedrungen. Und deshalb ging ich wieder.

Sigi empfing mich ungnädig. »Muß ich dich daran erinnern, daß du von der *Security Check* ein monatliches Gehalt beziehst? Dafür erwarte ich gewisse Gegenleistungen.«

»Ich war in Brasilien.«

»Nicht im Auftrag der Firma. Wir haben den Fall niedergelegt.«

»Willi war vorher mein Klient, und jetzt ist er es wieder. Im übrigen hat sich die *Sec Check* nicht mit Ruhm bekleckert, was den Fall betrifft. Dein Liebling Max hat Willi voll in die Scheiße geritten. Vor zwei Stunden durfte ich Zeuge seiner Verhaftung werden.«

Sigi brauste auf. »Herrgott nochmal, Georg! Max hat sein Bein verloren.«

»Seinen Unterschenkel«, korrigierte ich.

»Er ist noch jung. Das hat ihn völlig mitgenommen. Er leidet unter Depressionen und heult den ganzen Tag. Die Polizei hat das eiskalt ausgenutzt.«

»Schwamm drüber! Aber mach mich nicht an!«

Sigi schnaufte. »Und außerdem habe ich gehört, daß du wieder trinkst.«

»Ich bin seit drei Tagen trocken.«

Sie nahm ihre Fensterglasbrille ab und schaute aus dem Fenster. »Georg, so geht das nicht weiter. Ohne Max bleibt der ganze Organisationskram an mir hängen. Und ich bin es leid, mir Klagen darüber anzuhören, daß du langjährige Kunden der Firma ohne Entschuldigung versetzt. Nur zu deiner Erinnerung: vor zwei Tagen war der Abenteuerwald in Tecklenburg fällig; beim Juwelier Hanewinkel wartet eine neue Angestellte seit drei Tagen auf das Sicherheitstraining; und bei *Armbruster und Sohn* im Industriegebiet Süd ist seit einer Woche die Alarmanlage defekt. Der Betriebsleiter möchte etwas Moderneres installieren und erwartet deine qualifizierte Beratung zum Stand der Technik.«

»Ja, ja«, sagte ich gereizt. »Ich erledige alles. Der Reihe nach. Ich habe meine eigenen Probleme.«

»Georg, ich meine das ernst: wenn du wieder säufst und deine Termine schludern läßt, werde ich dich entlassen.«

Mir kam die Galle hoch. »Hast du vergessen, wem du diesen Laden verdankst?«

»Ich habe ihn dir abgekauft. Und damals war er ein verschlafenes kleines Detektivbüro. Ich habe ihn zu dem gemacht, was er heute ist.«

Wo sie recht hatte, hatte sie recht. Trotzdem war ich nicht in der Stimmung, mich wie ein Fußabtreter behandeln zu lassen. Also sagte ich ihr, daß ich die Kündigung akzeptierte. Das brachte sie auf den Teppich zurück, und sie entschuldigte sich dafür, daß sie zu weit gegangen sei. Bei den anschließenden Friedensverhandlungen erklärte ich mich bereit, alle versäumten Termine nachzuholen.

»Ach, übrigens«, sagte Sigi, als ich mich schon zum Gehen wandte, »der Anwalt von Willi hat angerufen. Er möchte, daß du weiter nach Karsten Eichinger suchst.«

»Im Abenteuerwald von Tecklenburg?«

»Nein. In deiner Freizeit.«

XV

Der Besitzer des Tecklenburger Abenteuerwaldes hatte in letzter Zeit ein bißchen Ärger gehabt. Aus dem Geräteschuppen war eine große Plastikplane verschwunden, und außerdem hatte sich die Zahl der Heuballen, die er zur Fütterung der Rehkitze im Kinderzoo verwendete, über Nacht auf unerklärliche Weise verringert.

Die Anlage war durch einen drei Meter hohen, stacheldrahtverstärkten Zaun gesichert. Das Abschreiten des Zauns gehörte zum Routineprogramm des Sicherheitschecks. Erfahrungsgemäß brauchte ich dafür etwa eine Stunde.

Normalerweise erledigte ich die Aufgabe eher flüchtig, doch diesmal schaute ich genauer hin. Und tatsächlich, nach einem halbstündigen Fußmarsch, der mir anstrengender vorkam als sonst, offensichtlich steckten mir die Exzesse der letzten Tage in den Knochen, entdeckte ich Spuren im Unterholz: abgeknickte Zweige, Schleifspuren auf dem Waldboden, ein Busch, der sich merkwürdig krumm an den Zaun schmiegte. Ich schob den Busch beiseite und legte ein sauber ausgeschnittenes Loch frei, groß genug, um einen erwachsenen Menschen durchzulassen. Was ich sogleich am eigenen Leib ausprobierte. Bis auf eine kleine, aber heftig blutende Rißwunde an der linken Hand mit vollem Erfolg.

Was hatten der- oder diejenigen, die durch das Loch gekrochen waren, im Abenteuerwald gewollt? Die naheliegende Antwort, daß es sich um Kinder handelte, die ein kostenloses Abenteuer suchten, gefiel mir nicht. Denn wozu brauchten Kinder eine Plastikplane und Heu? Fragen, mit denen ich mein Gehirn fütterte, während ich weiter nach Spuren suchte.

Ganz in der Nähe des Zaunlochs befand sich ein kleiner Teich, *Silbersee* genannt, auf dem ein Indianerkanu mit Schaufensterpuppenhäuptling schipperte. Im Hintergrund ragten Styroporfelsen in die Höhe. Heute war der Wald noch nicht für das zahlende Publikum geöffnet, sonst wäre ich auch noch in den Genuß von romantischer Karl-May-Musik gekommen.

Die Spuren endeten auf dem roten Ascheweg, der zum *Silbersee* führte. Der Teich selbst lag friedlich da, auch der Häuptling machte keine Anstalten, seinen Tomahawk zu werfen.

Ich überlegte. Rechts ging es zum Hexenhäuschen, links zur Wundergrotte. Ich entschied mich für die Wundergrotte.

Die Grotte fraß sich in einen echten Ausläufer des Teutoburger Waldes, die Stalagmiten und Stalaktiten allerdings, die man vom Eingang aus bewundern konnte, waren *made in Taiwan*.

Von außen sah die Grotte unberührt aus. Was mich jedoch stutzig machte, war die dünne Rauchfahne, die aus der Hügelkuppe oberhalb der Grotte quoll. Soweit ich wußte, gab es in der Grotte einen Luftabzug. Die Scheinwerfer, die das Tropfsteingebilde in rotes und grünes Licht tauchten, brauchten Kühlung.

Auf allen vieren krabbelte ich in die Höhle, wobei ich die Gummizapfen zur Seite drückte. Weiter hinten klapperte etwas. Ein besonders fieser Stalaktit stach mir in den Nacken. Und dann, hinter den Scheinwerfern, hockte ich Auge in Auge den beiden Übeltätern gegenüber. Es waren zwei Penner, die es sich in der Grotte gemütlich gemacht hatten.

»Hallo Jungs!« sagte ich. »Was gibt's denn heute zu Mittag?«

»Ravioli in Tomatensoße«, antwortete der eine.

»Doch nicht etwa aus der Dose?«

»Wir essen die Ravioli immer aus der Dose.«

Dazu tranken sie Lambrusco. Als höfliche Gastgeber luden sie mich zu beidem ein, was ich dankend ablehnte.

Alles in allem führten sie einen gut sortierten Haushalt auf bescheidenem Niveau. Das Heu und die Plastikplane dienten als Bett, auf einem kleinen Lagerfeuer bereiteten sie ihre kargen Mahlzeiten. Nur mit der Hygiene klappte es nicht so richtig.

Während des Essens besprachen wir das weitere Prozedere. Ich machte ihnen klar, daß sie nicht länger im Abenteuerwald bleiben konnten. Sie versprachen, im Laufe des Tages zu verschwinden. Dafür schenkte ich ihnen die Plastikplane und Straffreiheit. Am Ende verabschiedeten wir uns ohne Groll.

Dem Besitzer des Abenteuerwaldes erzählte ich nur das Nötigste. Es beschränkte sich darauf, daß ich ihm auf einem Lageplan die Stelle zeigte, an der ich ungefähr das Zaunloch vermutete. Vor lauter Dankbarkeit schenkte er mir zwei Freikarten.

Danach fuhr ich nach Hause und erledigte zwei Telefonanrufe. Zuerst sprach ich mit einem Beamten im Untersuchungsgefängnis und dann mit dem Betriebsleiter von *Armbruster und Sohn*. Ich machte einen Termin für die nächste Woche aus. Bis dahin mußte ich mir noch ein paar Prospekte ansehen, um mein Standardreferat über Alarmanlagen auf den neuesten Stand zu bringen.

Zum Juwelier Hanewinkel ging ich zu Fuß. Sein Geschäft lag in der Fußgängerzone der Innenstadt. Mir fiel auf, daß sich der Konkurrenzkampf der Bettler seit letzter

Woche wieder verschärft hatte. Die ältere und professionelle Generation, die sich mit den original handgemalten Schildern »Bin obdachlos und habe Hunger« begnügte, geriet gegenüber den jugendlichen Nebenerwerbsbettlern immer mehr ins Hintertreffen. Die berühmte Eine-Mark-Frage war übrigens out. Die neue, einheitliche Sprachregelung lautete: »Hasse mal 'n bißchen Kleingeld über?« Eine Konzession an den sozialen Abschwung in Deutschland? Oder nur der bescheidener gewordene Zeitgeist?

Der alte Hanewinkel hatte sich vor drei Jahren aus dem Geschäft zurückgezogen. Der junge Hanewinkel verbrachte seine Zeit lieber auf dem Speckbrettplatz. Ohnehin, so hatte mir die Geschäftsführerin verraten, verstand der junge Hanewinkel nicht allzu viel von Juwelen.

Frau Wüllner, die Geschäftsführerin, war eine elegante Dame jenseits ihrer allerbesten Jahre, die keine Gelegenheit ausließ, mich ihr Parfüm aus allernächster Nähe riechen zu lassen. Als Vorwand dienten ihr meist Tratschgeschichten über die Hanewinkels, eine Familie, die mich nicht im geringsten interessierte.

»Der Herr Wilsberg! Wir haben Sie schon sehnsüchtig erwartet«, begrüßte mich die Wüllner stürmisch.

Wir schloß eine staksige Blondine mit Sauerkrautfrisur und scheußlicher roter Brille ein, die sich, um keinen Fehler zu machen, mit einem verlegenen Lächeln der allgemeinen Heiterkeit anschloß.

»Waren Sie im Urlaub? Sie sehen so braun aus. Herr Hanewinkel hat sich schon bei Ihrer Chefin beschwert, weil Fräulein Niemann doch ihr Sicherheitstraining absolvieren muß.« Frau Wüllner packte meinen Oberarm und schleifte mich zu Fräulein Niemann.

»Rein dienstlich«, stammelte ich, wie immer von dem aufdringlichen Parfüm halb betäubt.

»Ah. Und wo da genau?«

»Brasilien.«

»Sie Schlingel.« Frau Wüllner kniff mich in die Wange. »Copacabana, hübsche Mädchen am Strand. Und der Herr Wilsberg mittendrin.«

»Sie machen sich eine ganz falsche Vorstellung von der Arbeit eines Privatdetektivs, Frau Wüllner.«

Fräulein Niemann reichte mir eine schweißfeuchte Hand.

Das Sicherheitstraining bestand aus zwei Teilen, einem theoretischen und einem praktischen. Ich begann mit der Theorie, weil ich mich dazu mit Fräulein Niemann in das nebengelegene Büro zurückziehen konnte und Frau Wüllner die Chance hatte, sich etwas abzukühlen.

»Wußten Sie, daß heutzutage in der Wirtschaft die meisten Verbrechen mit Handies und Laptops begangen werden, Fräulein Niemann?«

»Nein.« Sie schüttelte entsetzt den Kopf.

Ich erzählte ihr etwas von Wirtschaftskriminalität im allgemeinen und kam dann auf den Diamantenhandel im besonderen zu sprechen. Daß man sich auf Expertisen von Gemmologischen Instituten nicht verlassen dürfe, weil diese, nicht einmal strafbar, gelegentlich Gefälligkeitsgutachten erstellten, in denen sie vom Wiederbeschaffungswert der Edelsteine ausgingen, der um tausend oder mehr Prozent über dem tatsächlichen Wert der Steine liegen könne. »Ich rede hier nicht von synthetischen Steinen, Fräulein Niemann, sondern von echten Rubinen, Saphiren und Smaragden. Doch auch hier gibt es eine große Bandbreite, zum Beispiel Abfallprodukte, die höchstens für die Massenfabrikation in Indien oder Malaysia geeignet sind.«

Fräulein Niemann riß die Augen auf. »Aber Ankäufe machen doch sowieso Frau Wüllner oder Herr Hanewinkel.«

»Schon. Unter Umständen arbeiten Sie jedoch mal alleine im Laden. Da müssen Sie wissen, welche Tricks diese Betrüger auf Lager haben.«

Lustlos machte ich noch eine Zeitlang weiter, bevor wir zum praktischen Teil des Sicherheitstrainings übergingen, dem Verhalten bei Raubüberfällen. Zwangsläufig mußten wir dazu in den Verkaufsraum und unter die wohlwollende Aufsicht von Frau Wüllner zurückkehren.

»Also«, sagte ich, »was machen Sie im Falle des Falles?«

Fräulein Niemann überlegte nur kurz. »Ich drücke auf den Alarmknopf.«

»Gut. Wie machen Sie das?«

Sie rannte zum nächstgelegenen der drei hinter den Theken versteckten Alarmknöpfe und beugte sich hinunter.

»Stop!« sagte ich.

»Aber Kindchen!« Frau Wüllner schüttelte tadelnd ihren Kopf.

Fräulein Niemann lief puterrot an. »Wieso denn? Was habe ich falsch gemacht?«

Ich postierte mich in der Mitte des Raumes. »Stellen Sie sich vor, ich bin der Räuber! Und nun noch einmal von vorne!«

Sie kämpfte mit den Tränen, aber sie gehorchte. Während sie rannte, zielte ich mit dem Zeigefinger. »Peng! Zum Glück gibt es, statistisch gesehen, nur alle drei Jahre einen Überfall. Sonst wären Sie jetzt tot.«

»Und wie macht man es richtig?« Ihre Stimme kippte.

Ich erklärte es ihr. Dann übten wir das ganze dreimal. Schließlich brach Fräulein Niemann doch noch in Tränen aus, und ich war restlos bedient. Daß mich Frau Wüllner partout zum Tee einladen wollte, konnte meine Stimmung auch nicht heben.

Auf dem Nachhauseweg sagte ich mir, daß es schlimmere Jobs gäbe, zum Beispiel Feuerwehrmann in Tschernobyl oder Entwicklungshelfer in Sierra Leone oder linksliberaler Justizminister unter Helmut Kohl.

»Hasse mal 'n bißchen Kleingeld über?« platzte ein bierdosenschwenkender Jüngling in meine Gedankengänge.

Ich schaute im Portemonnaie nach. »Tut mir leid. Nur Scheine.«

Am Abend hatte ich alle Sicherheitsmaßnahmen vergessen. Als es läutete, öffnete ich einfach die Wohnungstür, so wie es Millionen andere Bürger auch tun würden. Vor mir stand ein kompaktes menschliches Wesen mit hervorquellenden Augen. Ich tippte auf eine Überfunktion der Schilddrüse.

»Sind Sie Wilsberg?«
Ich bejahte.
Er marschierte an mir vorbei in die Wohnung.
»He!« rief ich ihm nach. »Sie können hier nicht einfach reinlatschen.«
Meine Meinung schien ihn nicht zu interessieren.
»Wer sind Sie?« fragte ich, als wir uns im Wohnzimmer gegenüberstanden.
Statt einer Antwort ruckte er mit dem Kopf. Gewohnheitsmäßige Schläger machen diese Bewegung, wenn sie ihrem Gegner das Nasenbein zertrümmern wollen, eine überaus schmerzhafte und blutige Angelegenheit.
Zum Glück war er anderthalb Köpfe kleiner als ich. Deshalb traf er nicht mein Nasenbein, sondern nur das Brustbein.
»Au«, sagte ich, denn weh tat es trotzdem.
Er rieb sich die Stirn. »Sie haben meinen Vater auf dem Gewissen. Ich hab das rausgekriegt. War gar nicht so schwer. Nach allem, was in der Zeitung stand. Bin einfach zu dem Heini im Krankenhaus und hab ihn ausgequetscht.«
Mir dämmerte etwas. »Heißt Ihr Vater Langensiepen?«
»Klar.«
»Dann sind Sie Dennis Langensiepen?«
»Richtig.« Er ballte die Fäuste.
»Warten Sie mal! Was heißt, ich habe Ihren Vater auf dem Gewissen? Er lebte noch, als ich … äh …«
»Er ist vor vier Tagen gestorben.«
»Oh. Das tut mir leid.«
»Und mir erst. Ich hab jetzt diese Scheiß-Baufirma am Hals. Echt schofel. Alle wollen sie Anweisungen von mir. Dabei hab ich doch keine Ahnung vom Bau.«
Ich verstand sein Problem.
Er glotzte mich an. »Und dafür werde ich Sie verprügeln.«
Mir war nicht nach einer Schlägerei zumute, zumal mir immer noch der Brustknochen schmerzte. »Tun Sie das nicht!« schlug ich ihm vor. »Das mit Ihrem Vater war ein Mißverständnis. Wir dachten, er hätte eine Frau entführen lassen.«

»Mein Papa soll eine Frau entführt haben?«

»Wie gesagt, ein Mißverständnis. Jemand hat uns hereingelegt. Übrigens derselbe, der Sie bei dem Aktiengeschäft betrogen hat.«

Wenn Augen die Spiegel der Seele sind, dann verrieten seine Augen, daß es Seelen mit ganz niedrigem IQ gibt.

»Das hat mein Papa auch gesagt. Nur verstanden hab ich's nicht. Die verdammten Fokker-Aktien sind in den Keller gegangen, das konnte niemand voraussehen.«

Ihm Willis Geschäftspraktiken zu erklären, wäre ein abendfüllendes und wahrscheinlich erfolgloses Programm gewesen. Deshalb probierte ich etwas anderes: »Es besteht die Chance, daß Sie einen Teil Ihres Geldes zurückbekommen.«

»Ehrlich?«

»Ja. Bitte setzen Sie sich doch! Möchten Sie etwas trinken?«

Eine Stunde später hatte ich einen neuen Freund gewonnen. Es hatte mich nichts weiter als einen Haufen Lügen gekostet.

Als Langensiepen gegangen war, lehnte ich mich stöhnend gegen die Tür. Das Verlangen nach einem anständigen Rausch wurde fast übermächtig. Aber ich widerstand. Und um den Tag so fürchterlich ausklingen zu lassen, wie er zu mir gewesen war, schaute ich mir eine Talkshow im Fernsehen an.

XVI

Am nächsten Morgen fuhr ich zum Untersuchungsgefängnis.

Willi sah blaß aus, als er in den Besuchsraum geführt wurde.

»Ich will hier raus«, sagte er. »Die Kriminellen gehen mir auf den Keks. Die Wärter auch. Und die Zelle.«

Ich nickte.

»Mein Anwalt hat Haftentlassung gegen Kaution beantragt. Aber die Staatsanwaltschaft stellt sich quer. Die behaupten, weil ich ein Haus auf den Bahamas besitze, bestehe Fluchtgefahr.«

»Wie viele Zimmer?« fragte ich. »Vier oder sechzehn?« Der Ton meiner Stimme ließ ihn aufhorchen. »Ist was?«

»Warum hast du mir diesen Quatsch von den Call- und Put-Optionen erzählt? Ich weiß sehr gut, was eine Druckmaschine ist.«

»Ach das.« Sein linkes Auge zuckte. »Ich wollte es etwas eleganter aussehen lassen. Letztlich kommt es doch auf dasselbe heraus.«

»Letztlich schon, Willi. Zwischendurch frage ich mich allerdings, weshalb du mich ständig belügst.«

Er zuckte mit den Achseln. »Vielleicht eine Berufskrankheit. Wenn du den ganzen Tag die Kunden belügst, kannst du abends nicht einfach aufhören. He, Georg!« Er streckte seine Hand aus. »Du kannst mich jetzt nicht im Stich lassen. Ich brauche dich. Du mußt Karsten finden. Ich weiß nicht, wie ich sonst die Kaution auftreiben soll.«

»Frag deinen Cousin!«

»Mein Cousin hustet mir was.«

»Na schön. Wenn ich nicht weitermachen wollte, wäre ich nicht hier, oder?«

Er atmete erleichtert auf. »Danke, Georg!«

Ich winkte ab. »Da ist noch eine letzte Spur, die wir bislang nicht verfolgt haben.«

»Welche?«

»Karstens Komplize. Der Typ, dessen Stimme wir gehört haben. Es muß jemand sein, dem er voll vertraut. Ein guter Freund also. Kannst du dich an Namen erinnern, die Karsten mal erwähnt hat?«

Willi grübelte. »Nein. Er hat viel von Nazaré gesprochen. Aber Freunde? Nein.«

»Oder Anrufe? Unser Unbekannter hat vielleicht bei der *Cominvest* angerufen. Karsten ist nicht an seinem Telefon. Jemand anderes nimmt das Gespräch entgegen und ruft ...«

»Andy«, sagte Willi. »Ein Andy wollte Karsten sprechen.«

»Andy und weiter?«

»Nur Andy. Lucas brüllte: Karsten, da ist ein Andy für dich am Telefon.«

»Schade. Damit kommen wir nicht weiter. Andreas ist ein beliebter Vorname.« Da war sie hin, meine schöne letzte Spur. Oder doch nicht? »Und umgekehrt? Falls Karsten Andy angerufen hat? Du konntest mir genau sagen, wie viele Kundenkontakte Karsten hatte. Werden alle Telefonnummern gespeichert, die deine Leute wählen?«

»Nicht alle. Nur die der Kunden.«

»Und was ist mit den Privatgesprächen?«

»Wenn einer seine Tante in Hamburg anrufen will, muß er einen speziellen Code eingeben. Ich habe ja keine Lust, die Privatgespräche meiner Mitarbeiter zu bezahlen. Einmal im Monat wird abgerechnet.«

»Und dann?«

»Werden die Daten gelöscht.«

»Mist«, fluchte ich.

»Es hätte dir sowieso nichts genutzt«, sagte Willi ruhig. »Karstens Abrechnungen beschränkten sich auf eine einzige Nummer. Die seiner Wohnung.«

Ich hatte eine Idee. »Mal angenommen, ein Mitarbeiter will dich bescheißen. Würde es auffallen, wenn er sein Privatgespräch als Kundenkontakt kennzeichnet?«

»Nicht, solange es sich um eine Nummer in Münster oder Umgebung handelt und sie weniger als zehnmal auftaucht.«

»Das ist es«, sagte ich. »Karsten mußte damit rechnen, daß wir seine Privatgespräche verfolgen würden. Also war es für ihn wesentlich sicherer, Andy als Kunden zu führen.«

Willi war noch nicht überzeugt. »Und wie willst du an die Telefonnummer rankommen? Die Kripo hat bestimmt alle Unterlagen eingesackt.«

»Die Unterlagen schon«, stimmte ich ihm zu, »aber bestimmt nicht die Computer. Beamte tragen nicht gerne schwere Geräte.«

Ich hatte recht.

Die Regalwände im Büro der *Cominvest* waren bis auf den letzten Aktenordner ausgeräumt, doch die Computer hockten traurig und verlassen unter den Schreibtischen. Ich setzte mich an Willis PC und gab den Befehl ein, den er mir diktiert hatte. Sofort füllte sich der Bildschirm mit Namen, Adressen und Telefonnummern.

Zehn Minuten später verließ ich mit dem Ausdruck von Karstens Jahreswerk den Tatort.

Dann machte ich mir mit dem Stapel Papier und dem Telefon einen gemütlichen Nachmittag. Als angeblicher Mitarbeiter der *Cominvest* benutzte ich den Vorwand, den bereits Geschädigten oder Uninteressierten einen neuen Aktiendeal aufschwatzen zu wollen.

Es gab insgesamt elf Andreasse. Zwei hatten altersschwache Stimmen, sieben waren zur Arbeit oder verjubelten die Arbeitslosenhilfe oder fütterten die Enten auf dem Aasee. Drei Ehefrauen der abwesenden Andreasse hatten noch nie etwas von der *Cominvest* gehört. Aber auch das mußte nicht viel bedeuten.

Die restlichen zwei Andreasse kamen zumindest in die engere Wahl. Der eine bekam einen Wutausbruch und beschimpfte mich mit nicht jugendfreien Ausdrücken. Der andere zeigte sich betont einsilbig und desinteressiert. Das konnte jedoch an der lärmigen Geräuschkulisse liegen, vor der er telefonierte.

Er besaß, wie ich dem Telefonbuch entnahm, eine Autowerkstatt. Und da ich sowieso irgendwo anfangen mußte, machte ich ihm zuerst meine Aufwartung.

Versteckt zwischen den Silos der Landwirtschaftsgenossenschaften und dem Heizkraftwerk der Stadtwerke stand die Klitsche von Andreas Kleinschmenk mitten im Hafengebiet. Auf der Straße vor dem wellblechbedachten Gebäude rosteten schrottreife Unfallautos vor sich hin. Zu dieser Autoabdeckerei verirrten sich nur die Parias des Straßenverkehrs, Besitzer von fünfzehn oder mehr Jahre alten Schätzchen, die den dreimal geflickten Auspuff lieber noch einmal schweißen ließen, als sich einen neuen unters Auto zu schrauben.

Ich wanderte über den Schrottplatz und blickte durch ein weit geöffnetes Tor in die Werkstatt. Zwei Männer in blauen Arbeitsanzügen und mit ölverschmierten Gesichtern werkelten an altersschwachen Autogreisen. Derjenige, der mir am nächsten stand, stellte das Schweißgerät ab, schob die Schutzbrille hoch und schaute mich fragend an.

»Ich möchte zu Herrn Kleinschmenk«, sagte ich.

Wortlos richtete er seinen Daumen auf den zweiten Mann, der gerade in einer Grube verschwand.

Andreas Kleinschmenk war mittelgroß, zwischen dreißig und fünfunddreißig – und blond. Leider.

»Um was geht's denn?« fragte er mit Blick auf eine hartnäckig festsitzende Schraube.

»Ich brauche neue Stoßdämpfer.«

»Was für ein Auto?«

»Ein Golf, dreizehn Jahre alt.«

»Kein Problem. Bringen Sie ihn ...«, er überlegte kurz, »... übermorgen.«

Die Stimme war der des fiesen Erpressers ähnlich, so ähnlich, wie sich Telefonstimmen oft sind. Ich wollte schon gehen, um erst einmal die übrigen Andreasse in Augenschein zu nehmen, als mir ein Wagen ins Auge stach, der in der hinteren Ecke der Werkstatt stand. Es war ein Kadett, allerdings nicht weiß, sondern knallrot. Ein sehr frisches, kaum getrocknetes Rot.

Ich ging wieder in die Hocke. »Sie sind mir übrigens empfohlen worden.«

»Ach ja? Von wem?«

»Von Karsten. Karsten Eichinger.«

Er ließ den Schraubenschlüssel fallen. »Kenne ich nicht.« Es klang nicht sehr überzeugend.

»Sind Sie nicht Andy?«

»Doch.« Er hob den Schraubenschlüssel wieder auf und tat so, als interessiere er sich angelegentlich für eine verrostete Stelle am Bodenblech.

»Wieviel haben Sie eigentlich von der Beute abbekommen?«

Er kam langsam näher. Der Schraubenschlüssel glänzte schwer und bedrohlich in seiner Hand. »Ich weiß nicht, wovon Sie reden.«

»Haben Sie eine Perücke getragen, als Sie Nazaré entführten?«

Er schaute zuerst auf mich und dann auf den Schraubenschlüssel.

»Machen Sie keine Dummheiten!« riet ich ihm. »Es würde Ihre Lage erheblich verschlimmern.«

Ein paar Sekunden lang schätzte er seine Chancen ab. Dann wich die Panik in seinen Augen der Resignation. »Sind Sie von der Polizei?«

»Nein. Ich bin Privatdetektiv. Herr Feldmann will sein Geld zurück, nichts weiter. Wenn Sie uns helfen, Karsten zu finden, können wir Sie aus der Sache raushalten. Andernfalls«, ich machte eine kleine, nervende Pause, »werden wir Sie wegen Kidnapping und Erpressung anzeigen. Dann drohen Ihnen zehn Jahre Gefängnis.«

»Ich und Nazaré entführt? So ein Quatsch. Wir sind zusammen um die Ecke gegangen. Das war alles.«

»Wo hat sie sich anschließend aufgehalten?«

»Weiß ich nicht. Echt.«

»Und wo finde ich Karsten?«

»Keine Ahnung.«

Ich stöhnte. »Herr Kleinschmenk, ich glaube, Sie verstehen mich nicht.«

»Doch. Ich verstehe Sie sehr gut. Der Arsch schuldet mir noch zwanzigtausend. Soviel hat er mir nämlich für die idiotischen Anrufe versprochen.«

»Und dafür, daß Sie den weißen Kadett gefahren haben.« Ich zeigte auf den roten Opel in der Ecke.

»Ja. Dafür auch. Nicht mal das Umspritzen hat er bezahlt.«

»Woher hatten Sie das Band mit Nazarés Stimme?«

»Das hat Karsten mir gegeben. Wenn ich wüßte, wo er ist, wäre ich ihm schon längst auf die Pelle gerückt. Einfach aus dem Staub gemacht hat er sich, der Mistkerl.« Kleinschmenk hämmerte den Schraubenschlüssel gegen den Fahrzeugboden. Roter Rost rieselte harab.

Ich stand auf.

»Was werden Sie jetzt machen?« brüllte der Mechaniker.

»Keine Ahnung«, antwortete ich wahrheitsgemäß.

Manchmal, wenn mir gar nichts mehr einfällt, mache ich einen Spaziergang. In Münster fahren die meisten Rad, wenn sie sich die Füße vertreten wollen, ich laufe lieber zu Fuß.

Es sah ein bißchen nach Regen aus, und deshalb streifte ich meinen grünen Trenchcoat über. In der rechten Tasche stießen meine Finger auf einen Karton. Er entpuppte sich als Visitenkarte.

Ich brauchte ein paar Sekunden, bis mir wieder einfiel, wo ich sie aufgegabelt hatte. In Karstens Wohnung, in jener Nacht, als ich mich mit Willi als Fassadenkletterer betätigt hatte. Damals war mein Gehirn, alkoholbedingt, nicht sehr aufnahmefähig gewesen. Jetzt las ich die Karte in völlig neuem Licht: »Albert Cebel, Immobilienmakler, Hohenholte.« Was hatte Karsten von einem Immobilienmakler in Hohenholte gewollt?

Eine Frage, die mir vielleicht Albert Cebel selbst beantworten konnte.

»Eichinger«, sagte ich, als ich ihn am Telefon hatte. »Erinnern Sie sich an mich? Wir waren in Kontakt wegen des Hauses in Hohenholte.«

»Eichinger?« antwortete Cebel. »Es ist mir im Moment entfallen, daß wir miteinander zu tun hatten.«

Das war es also auch nicht.

Kaum hatte ich aufgelegt, schrillte das Telefon.

»Weißt du, was heute für ein Tag ist?« fragte Imke.

Mir fielen nur falsche Antworten ein, deshalb sagte ich lieber gar nichts.

»Du weißt es also nicht? Habe ich mir fast gedacht. Heute war meine Prüfung.«

»Ah. Hast du bestanden?«

»Ja.«

»Herzlichen Glückwunsch.«

»Danke, Georg. Wie geht's dir?«

»Es geht so. Es ist etwas öde hier, ohne dich und Sarah. Möchtest du nicht zurückkommen?«

»Wie ich hörte, tröstest du dich mit Alkohol.«

»Wer sagt das?«

»Ein Bekannter. Er hat dich letzte Woche auf der Straße gesehen. Man hätte dich für einen Penner halten können, meint er.«

»Ich hatte einen Rückfall, das stimmt. Aber nur kurz. Jetzt bin ich wieder davon runter.«

Sie schwieg einen Moment. »Und was ist mit der entführten Frau? Habt ihr sie gefunden?«

»Nein. Aber wir wissen inzwischen, daß sie gar nicht entführt worden ist.«

»Wie schön«, sagte sie mit gedämpftem Interesse.

»In ein, zwei Tagen ist die Sache ausgestanden«, versuchte ich sie zu überzeugen. »Laß uns vergessen, was passiert ist, und an die schöne Zeit anknüpfen, die wir miteinander hatten. Und mit Sarah, natürlich.«

Imke atmete hörbar aus. »Ich habe ein Angebot. Ein Jahr im Ausland. Ich glaube, ich werde es annehmen. Sarah kann solange bei meinen Eltern bleiben.«

XVII

Hohenholte liegt direkt am Radweg R 1, der das Weserbergland mit den Niederlanden verbindet. Es besitzt eine Dorfgräfte rund ums Dorf, eine Kirche, einen Friedhof, einen Sportplatz, eine Bushaltestelle und einen genialen Werbespruch: »Wenn ich könnte wie ich wollte, wär ich stets in Hohenholte.«

Vor allem gab es im Dorf eine Einrichtung, die alle Hohenholterinnen mindestens einmal am Tag aufsuchen mußten: den einzigen Supermarkt. Im Gasthof schräg gegenüber suchte ich mir einen lauschigen Fensterplatz und verbrachte den Morgen mit Kaffeetrinken und Zeitunglesen. Ich mußte viel Kaffee trinken und in der Zeitung sogar den Politikteil lesen. Ich trank und las beinahe bis zum Brechreiz, wobei ich nicht genau wußte, ob es am Kaffee oder an der Politik lag. Oder an dem Zwiebelrostbraten, den ich mir genehmigt hatte, als die Küche öffnete. Oder an dem Gestank nach billigem Pfeifentabak, der in der Luft hing.

Auf jeden Fall hatte ich das mürrische weibliche Wesen, das mich bediente, in Verdacht, daß es mir um zwölf Uhr immer noch den selben Kaffee brachte wie um neun, nur eben etwas älter und abgestandener. Auch die sich häufenden Gänge zur Toilette wurden lästig, und irgendwann kamen mir tatsächlich Zweifel, ob meine Idee, daß sich die Eichingers, unter welchem Namen auch immer, in Hohenholte einquartiert hatten, überhaupt richtig war. Und ob es sich lohnte, weiter labbrigen Kaffee zu trinken und einen langweiligen Supermarkt in einem noch langweiligeren Dorf zu beobachten, von meinen Rückenschmerzen und dem Gesicht der Kellnerin ganz zu schweigen.

Doch Zweifel gehören nun mal zum Detektiv wie Kontaktschwierigkeiten zum Fischverkäufer, und deshalb sagte ich auf die beherrschende Frage des Tages: »Noch einen Kaffee, der Herr?« – »Aber gerne.«

Tatsächlich mußte ich ihn nicht mehr trinken. Denn um Viertel vor eins, kurz bevor das unbarmherzige Ladenschlußgesetz des Hohenholtener Supermarktes zur Mittagspause schlug, kam sie. Sie hatte ihre schwarze Lockenpracht geopfert und trug einen modischen Bürstenhaarschnitt. Trotzdem erkannte ich Nazaré sofort. Die leichtfüßigen Bewegungen erinnerten mich an ihre Schwester in Pontal, und das lachende Gesicht, mit dem sie eine andere Einkäuferin begrüßte, war dasselbe wie auf den Fotos, die mir Karsten gezeigt hatte.

Ich ließ ihr Zeit für den Einkauf, bezahlte zwei Liter Kaffee, ging noch einmal rasch auf die Toilette und folgte ihr dann in das neu entstandene Wohngebiet zwischen Dorfkern und Sportplatz. Die Gärten waren noch purer Lehm, die Straßen schlammige Pisten, doch in den praktischen kleinen Häuschen, dicht aneinandergedrängt, um Grundfläche zu sparen, frönte man bereits der Eigenheimkultur.

Der Name neben der Klingel lautete Fichte.

»Was wollen Sie?« fragte sie durch die geschlossene Tür.

»Bitte machen Sie auf, Nazaré! Ich bin ein Freund von Karsten.«

Sie zögerte. »Karsten ist nicht da.«
»Wann kommt er denn?«
»In einer halben Stunde.«
»Kann ich nicht drinnen auf ihn warten? Hier draußen ist es etwas dreckig.«

Aus verständlichen Gründen war ihr die Sache nicht geheuer. Aber ein Mann, der im nicht vorhandenen Vorgarten herumstand, machte keinen guten Eindruck auf die Nachbarn.

Sie ließ mich herein.

»Wilsberg«, sagte ich. »Georg Wilsberg.«

»Karsten hat nicht erzählt, daß Sie kommen.« Ihr brasilianischer Akzent wurde stärker. Sie war nervös.

»Das wundert mich nicht. Ich bin der Mann im Hintergrund, wissen Sie.«

Sie geleitete mich ins Wohnzimmer. Eine Glasfront öffnete den Blick auf mehr Lehm.

»Möchten Sie einen Kaffee?«

»Oh nein«, sagte ich hastig. »Ich habe heute morgen schon zuviel Kaffee getrunken.«

Wir setzten uns und lächelten. Dann lächelten wir noch einmal.

»Ein nettes Haus«, sagte ich schließlich.

»Ich dachte, niemand weiß, daß wir hier sind.«

»Obwohl, auf die Dauer ist es bestimmt ein bißchen einsam.«

»Warum sind Sie hergekommen?«

»Geschäftlich, rein geschäftlich«, erklärte ich freundlich.

»Wir bleiben nicht lange hier. Bald gehen wir ...«

»... nach Brasilien«, ergänzte ich.

Sie nickte. Ich hätte sie gerne beruhigt, was meine Absichten anging. Dummerweise waren meine Absichten alles andere als harmlos.

Zwischen langen Pausen unterhielten wir uns über Hohenholte und das Leben im allgemeinen. Dabei horchten wir beide mit einem Ohr zur Tür.

Als sich endlich ein Schlüssel im Schloß drehte, sprang sie auf.

»Karsten?«

»Ja«, hörte ich die bekannte Stimme.
»Hier ist jemand für dich.«
Mit offenem Mund starrte er mich an. »Was machst du …? Wie kommst du …?«
»Setz dich!« sagte ich. »Ich möchte ein paar Dinge mit dir besprechen.«
Er ging zum Schrank und legte das schwarze Köfferchen ab, das er getragen hatte. Dann öffnete er eine Schublade und nahm einen Gegenstand heraus. Da er mir den Rücken zuwandte, konnte ich nicht sehen, was für ein Gegenstand es war. Aber meine unguten Befürchtungen bestätigten sich, als er sich umdrehte. Ich schaute in den Lauf einer kleinen, schwarzen Pistole.
»Das war sehr dumm von dir, Georg«, sagte Karsten langsam. »Du hättest nicht herkommen sollen.«
Ich zwang mich zu einem ruhigen Tonfall. »Willst du mich umbringen? Wegen läppischer fünfhunderttausend?«
»Wie hast du uns gefunden?« fragte er drohend.
»Albert Cebel, der Makler, der in Hohenholte zur Zersiedelung der Landschaft beiträgt. Du hast beim Aufräumen deiner Wohnung seine Visitenkarte vergessen.«
Karstens Hand krampfte sich um die Pistole.
»Karsten!« schrie Nazaré. Dann sagte sie etwas auf portugiesisch.
Er antwortete in derselben Sprache. Zwischen den beiden entspann sich ein Disput. Ich nahm an, daß es um mein Schicksal ging.
»Redet ihr darüber, wo ihr mich vergraben wollt?« Es sollte lässig klingen, aber meine Stimme versagte kläglich.
Karsten setzte sich. Das beruhigte mich etwas. Die meisten schießen lieber im Stehen.
»Ich verstehe nicht, warum du dich so für Feldmann ins Zeug legst. Er ist ein Arschloch. Er hat die Leute nach Strich und Faden beschissen. Er hat dich belogen. Er hat uns, seine Angestellten, miserabel bezahlt, wenn man bedenkt, daß wir die Drecksarbeit gemacht haben. Mit der Entführungsgeschichte habe ich mir nur meinen Anteil geholt. Ich sehe nicht ein, daß Feldmann den ganzen Rei-

bach alleine macht. Und wenn du jetzt sagst, du willst für ihn das Geld zurückholen, dann ...«

»Wer redet denn von Willi Feldmann?« fragte ich.

Die Pistole zuckte. »Wieso? Arbeitest du nicht mehr für ihn?«

»In erster Linie arbeite ich für mich selbst. Du hast recht mit dem, was du über Willi gesagt hast. Er war eine echte Enttäuschung für mich. Genauso wie du. Ich habe mir wirklich Sorgen um Nazaré gemacht und dabei einiges aufs Spiel gesetzt. Wenn ich es genau bedenke, bist du für meine Ehekrise verantwortlich. Und dafür erwarte ich eine gewisse Entschädigung.«

Nazaré, die hinter Karsten stand, beugte sich hinunter und flüsterte ihm etwas ins Ohr.

Karsten kniff die Augen zusammen. »Wieviel?«

»Die Hälfte.«

Er lachte empört. »Bist du wahnsinnig? Ich habe nicht allein gearbeitet. Mein Kumpel hat schon ein Drittel bekommen.«

»Andy?«

Er schnitt eine Grimasse. »Du weißt wohl alles?«

»Ziehen wir seine Zwanzigtausend ab, bleiben noch Zweihundertvierzigtausend für dich und mich.«

Nach einigem Feilschen einigten wir uns auf Hundertfünfzigtausend, einzahlbar auf ein Schweizer Nummernkonto.

Als ich die Eichingers verließ, gefiel mir Hohenholte wesentlich besser als am frühen Morgen. Münsterländische Dörfer können durchaus Charme entfalten. Mit ihren schmalen, gepflasterten Straßen, den roten Backsteinhäusern und Menschen davor und darin, die freundlich grüßen und an das Wohl ihrer Gartenpflanzen denken.

Hohenholte gefiel mir bis zu dem Moment, in dem ich den Kirchplatz betrat und zwei Gestalten neben meinem Auto herumlungern sah. Die eine erkannte ich sofort, die andere war ein alter Mann mit Pfeife im Gesicht.

»Nettes Kaff, dieses Hohenholte«, begrüßte mich Willi. »So ruhig, idyllisch und abgelegen. Der ideale Ort, um sich zu verstecken.«

»Wie bist du aus dem Gefängnis gekommen? Hast du einen Wärter bestochen?«

»War gar nicht nötig«, lachte Willi. »Der Richter ist auf das Kautionsangebot meines Verteidigers eingegangen. Ein vernünftiger Mann. Ach, übrigens«, er legte seine Pranke auf die Schulter des schmächtigen Pfeifenrauchers, »darf ich dir Björn Väth vorstellen? Er ist Privatdetektiv. Ich habe ihn beauftragt, dich im Auge zu behalten. Als Rückversicherung, sozusagen.«

Väth nahm die Pfeife aus dem Mund. »Ich hoffe, Sie nehmen mir das nicht übel, Herr Kollege.«

»Doch. Das tue ich«, sagte ich. »Wo haben Sie eigentlich gesteckt?«

»Ich saß drei Tische hinter Ihnen. Fanden Sie auch, daß der Kaffee scheußlich schmeckte?«

»Jetzt aber Schluß«, unterbrach uns Willi leutselig. »Sag schon, Georg, wieviel hast du Karsten abgeschwatzt?«

»Hundertfünfzigtausend«, gab ich zu.

Willi strahlte. »Ich wußte, daß du ein weiches Herz hast, Georg. Und weil ich heute meine Spendierhosen anhabe, kriegst du davon zehn Prozent als Prämie. Vorausgesetzt«, er hob seinen dicken Zeigefinger, »Karsten hat nicht allzu viel von meinem Geld ausgegeben.«

Ich schloß meinen Wagen auf. »Weißt du was, Willi? Steck dir deine Prämie an den Hut!«

Und dann fuhr ich fort aus Hohenholte. Eine halbe Stunde später war ich in Münster. Es regnete. Und irgendwo läuteten sicher die Glocken.

Wilsberg-Krimis von Jürgen Kehrer

Und die Toten läßt man ruhen
Der erste Wilsberg-Krimi – Vom ZDF verfilmt – ISBN 3-89425-006-2
»Dramaturgisch perfekt bis aufs I-Tüpfelchen« (Leo's Magazin)

In alter Freundschaft
Der zweite Wilsberg-Krimi – Vom ZDF verfilmt – ISBN 3-89425-020-8
Eine minderjährige Ausreißer-Punkie und ein bestohlener Disco-Chef

Gottesgemüse
Der dritte Wilsberg-Krimi ISBN 3-89425-026-7
Wilsberg erlebt den Psychoterror einer fanatischen Sekte.

Kein Fall für Wilsberg
Der vierte Wilsberg-Krimi ISBN 3-89425-039-9
Dubiose Waffengeschäfte und ein Firmenchef mit Doppelleben

Wilsberg und die Wiedertäufer
Der fünfte Wilsberg-Krimi ISBN 3-89425-047-X
»Kommando Jan van Leiden« fordert vom Bischof eine halbe Million.

Schuß und Gegenschuß
Der sechste Wilsberg-Krimi ISBN 3-89425-051-8
Wilsberg im Reality-TV. Nach Drehbeginn kommt es zu schweren Unfällen.

Bären und Bullen
Der siebte Wilsberg-Krimi ISBN 3-89425-065-8
Wilsberg soll Entführung aufklären – was verschweigt Willi?

Das Kappenstein-Projekt
Der achte Wilsberg-Krimi – Vom ZDF verfilmt – ISBN 3-89425-073-9
Wilsberg als Leibwächter der grünen Stadtkämmerin

Das Schapdetten-Virus
Der neunte Wilsberg-Krimi ISBN 3-89425-205-7
Wilsberg bewacht 100 Affen für medizinische Experimente.

Irgendwo da draußen
Der zehnte Wilsberg-Krimi ISBN 3-89425-208-1
Trieben Außerirdische die junge Corinna in den Tod?

Der Minister und das Mädchen
Der elfte Wilsberg-Krimi – Vom ZDF verfilmt – ISBN 3-89425-216-2
Ist der Sohn des Ministers in spe ein Vergewaltiger?

Wilsberg und die Schloss-Vandalen
Der zwölfte Wilsberg-Krimi ISBN 3-89425-237-5
Wer bedroht Schloss Isselburg? Wilsberg stößt auf die Leiche im Keller.

Wilsberg isst vietnamesisch
Der dreizehnte Wilsberg-Krimi – Vom ZDF verfilmt – ISBN 3-89425-262-6
Rätselhafte Mordserie in einem beschaulichen Stadtteil.

Wilsberg und der tote Professor
Der vierzehnte Wilsberg-Krimi ISBN 3-89425-272-3
Wilsberg stößt an der Uni auf ein Geflecht von Intrigen.

Wilsberg und die Malerin
Der fünfzehnte Wilsberg-Krimi ISBN 3-89425-280-4
Was hat der rechtspopulistische Politiker mit dem Kunstraub zu tun?